멀리 가지 않아도 특별하지 않아도

멀리 가지 않아도 특별하지 않아도

1판 1쇄 발행	2022년 6월 25일
지은이	김영수
발행인	이선우
펴낸곳	**도서출판 선우미디어**

등록 | 1997. 8. 7 제305-2014-000020
02643 서울시 동대문구 장한로 12길 40, 101동 203호
☎ 2272-3351, 3352 팩스: 2272-5540
sunwoome@hanmail.net
Printed in Korea ⓒ 2022. 김영수

값 13,000원

ISBN 978-89-5658-703-5 03810

멀리 가지 않아도
특별하지 않아도

김영수 수필집

선우미디어 sunwoomedia

작가의 말

　이 책 어딘가에서 나는 이렇게 말한다. "무시로 다가왔다 사라지는 일상의 자잘한 애증의 그림자를 지우고 펜 끝에 흐르는 조용한 시간을 응시한다. 나만의 빛과 향을 담은 언어가 풀려나오는 상상에, 나는 다시 펜을 들 용기를 얻는다." 글을 쓸 때마다 나는 글을 왜 쓰는가 묻는다. 실바람도 지나간 자리에 흔적을 남기고 나무도 나이테를 긋듯이, 글은 내가 살아온 흔적의 기록이다. 어쩌면 나 자신을 달래는 위로라 해도 좋겠다.

　나 자신과의 대화와 성찰을 넘어 독자와 공감대를 이루고 소통하고 싶다는 바람으로 나는 오늘도 글을 쓴다. 소리가 어떤 매질을 통과하여 전달되느냐에 따라 달라지듯이, 나의 글이 독자의 마음에 가 닿을 때 내는 소리나 향이나 색깔은 내가 글을 쓸 때의 마음과 다를 수 있다. 내 삶의 흔적을 책으로 엮는 일은 그런 이유에서 설레면서도 조심스럽다.

　오랫동안 따듯하게 곁을 지켜준 가족과 글을 쓸 수 있도록 동기를 부여해 준 크고 작은 인연, 그리고 그 인연으로 거둔 것들을 수필집이라는 그릇에 담을 수 있게 정성을 기울인 선우미디어에 감사한다.

2022년 여름
Ajax에서 김영수

목차

작가의 말 · 4

1_ 짧고도 긴 쉼표

새를 부르는 의자 · 12

아버지의 노래 · 16

흐르는 강물 따라 · 20

거미의 여유 · 24

나를 위해 부르는 노래 · 29

짧고도 긴 쉼표 · 34

돌아온 꽃 · 39

모탕, 액자를 나오다ㅍ44

하얀 고무신 · 49

계절을 낚는 강가에서 · 53

2_ 자몽한 밤에

너는 그렇게 나에게 오고 · 58

한 생애를 늙히는 일 · 63

엄마와 재봉틀 · 67

자몽한 밤에 · 71

우박 녹는 소리에 · 76

눈물이 옹이 되어 · 80

새물내를 따라서 · 85

어느 청년의 책가방 · 89

붉은 가을이고 싶다 · 93

3_그리움이 한 그릇

그리움이 한 그릇 · 98

책갈피에서 나온 시간 · 102

그저 조금 다른 공간일 뿐인데 · 106

멀리 가지 않아도 특별하지 않아도 · 111

눈뜸 · 115

누워야 들리는 소리 · 119

그날 그 하늘처럼 · 123

아 유 오케이? · 127

4_ 어쩌면 좋으냐

어쩌면 좋으냐 · 132

10월의 어느 멋진 날에 · 136

기억한다는 것 · 140

공평여사 · 144

6월이 지나가면 · 148

가족이란 · 153

가을부채 · 158

뒷모습에서 읽는다 · 162

5_ 가볍지도 무겁지도 않은 향기로

내가 걷는 이 길은 · 168

가볍지도 무겁지도 않은 향기로 · 173

바람이 분다, 날아라 · 177

부엌에 흐르는 시간 · 181

껍질 없이 태어난 몸 · 185

내리사랑 · 189

밥이나 먹는지 · 193

침묵할 때 찾아오는 · 198

6_ 사막에서 뿌리를

커피, 그 잊을 수 없는 · 204

시저리 깻잎을 보며 · 208

다른 듯 같은 길 · 212

별빛이 전하는 소리 · 217

사진 밖에 머무는 것들 · 221

사막에서 뿌리를 · 225

의자 놀이 · 229

아보카도 사랑 · 233

지나간 시간은 풍경이 되고 · 238

12월은 · 242

1

짧고도
긴
쉼표

새를 부르는 의자

며칠 사이에 팻말이 더 늘었다. 동네를 산책하는데 못 보던 팻말이 몇 집 걸러 하나씩 꽂혀 있어서 동네가 마치 시의원을 뽑는 선거철 같았다. 팻말 사진의 주인공은 새였는데 간단한 설명과 전화번호와 주소까지 적혀 있었다. 누가 새를 잃어버렸구나. 얼마 전에는 어느 집에서 이구아나를 잃어버렸다는 전단이 붙었더니만.

사진 속의 새는 온몸이 하늘색이고 머리 정수리 부분만 수탉의 볏처럼 빨간색이었다. 자세히 들여다보니 사랑스러워 부쩍 관심이 갔다. 강아지도 아니고 다른 동물도 아닌 새를 잃어버렸는데 찾을 수가 있을까. 날개가 있잖아. 자유의 상징인 날개로 마음만 먹으면 어디까지라도 날아갈 수 있을 텐데 어디서 찾는다는 걸까.

닷새째 되는 날에는 이웃 동네까지 팻말이 꽂혔고 가로등에도 전단이 붙었다. 새를 잃은 주인의 불안과 초조함을 전단으로 덮어보겠다는 듯 온 동네를 전단으로 도배하다시피 했다. 어디서 지내기에 아직도 소식이 없을까. 나도 은근히 걱정되면서 마음이 쓰이기 시작했다. 산책하다가 커다란 새 사진이 붙은 그 집 앞에 우연히 걸음이 멈췄다. 팻말에 적힌 주소가 바로 여기였구나. 같이 걱정하는 동안 친밀감이 생겨 반가운 마음에 기웃거렸지만, 모두 새를 찾으러 나갔는지 인기척도 없이 조용했다.

그렇게 일주일이 지났다. 걸음을 옮길 때마다 나도 모르게 주변을 두리번거리게 되고 나뭇가지 사이에 집 나간 새가 웅크리고 있는 것만 같아 오나가나 나무에서 눈길이 떨어지질 않았다. 집으로 돌아오는 길에 공원을 가로질러 걷는데 뭔가 낯선 게 눈에 띄었다. 저게 뭘까. 공원 둔덕 잔디에 큼지막한 담요가 펼쳐져 있고 그 위에 천으로 된 일인용 의자가 놓여 있었다. 아무리 둘러보아도 누가 앉으려고 그것을 갖다 놓은 것 같지는 않았다. 의자에는 흰색과 까만색 체크무늬 담요가 묘한 모양으로 걸쳐있어서 바람이 지날 때마다 흔들거렸다.

호기심을 누르지 못해 조금 더 담요 가까이 다가갔다. 의자에서 몇 발짝 옆에 가로세로 일 미터쯤 되는 커다란 새장이 놓였는데 거기에도 알록달록한 담요가 덮여있었다. 마치 설치 미술 전시회에 와 있는 느낌이었다. 아마 새를 부르기 위한 묘책 같았다.

그 집 새장에 깔았을 법한 담요를 모두 가져다 놓고, 익숙한 제 냄새와 색깔을 따라 저 살던 집인 새장으로 돌아오기를 기다리고 있던 거였다.

얼마나 애가 타기에 저토록 찾고 있을까. 새의 행방은 주인과 얼마만큼 정이 들었느냐보다는 얼마만큼 길이 들었느냐로 가늠될 것 같았다. 새는 지금 어떤 심정일까. 주인의 아린 마음처럼 녀석도 주인 품으로 돌아오고 싶은데 길을 잃고 헤매고 있지 않을까. 어쩌면 아무도 모르게 속으로 갈구하던 자유를 만끽하며 마음껏 창공을 날고 있을지도 모른다.

사슬에 묶여 반평생을 지낸 노예가 자유의 몸이 되었는데도 자신의 변화를 받아들이지 못해 정신적인 노예로 살아야 했다는 이야기가 생각난다. 길든다는 건 어떤 의미에서 참으로 무서운 일이다. 사람이나 동물이나 무엇에든 한번 안주하면 벗어나기 어렵다. 자기 방식에 젖어 살다가 더 편리하고 효율적인 방법을 알았는데도 굳이 불편하고 비효율적인 과거를 답습하며 사는 경우도 허다하다.

내 몸을 묶고 있는 관습이나 고정관념, 선입견이나 편견이라는 줄이 늘어나는 곳까지, 그곳까지가 내가 갈 수 있는 자유의 한계다. 내 몸의 줄이 닿는 곳까지가 내가 감당할 수 있는 선택의 공간이다. 강아지 목줄처럼 무엇엔가 매여있는 삶. 목줄에 길든 강아지는 줄이 풀려도 멀리 달아나지 못한다. 묶인 줄이 느슨해지는 시간만큼만 허락된 자유에 허기가 진다. 줄이 끊긴다 해도, 많은 강아지처럼, 나 또한 내 몸이 기억하는 거리까지밖에 나아가지 못하리라는 걸 나는 안다.

내 몸에 새겨진 거리는 얼마나 될까. 내가 진정 두려워하는 건 무엇일까. 줄에서 완전히 풀렸다고 생각하면 내가 알지 못하는 행성에 던져진 것만 같고, 늘 가던 만큼도 움직일 수가 없다. 줄 없이 어디까지 갈 수 있는지, 어디까지 가도 되는지 모르겠다. 아마 처음이라서 그러리라. 처음처럼 설레면서도 두려운 일이 또 있겠는가.

새는 어디에 있을까. 멀리 가지는 못했을 거라는 주인의 추측이 맞을지. 작정한 일이었든 실수였든 처음 해보는 모험이라면 가없이 펼쳐진 너른 하늘이 신기하면서도 두렵지 않았으려나. 익숙지 못한 날갯짓에 방만한 자유가 얹혔으니 야생에서 그 자유를 누리려면 어떻다는 걸 알아가는 시간이 되리라. 비록 날 수 있는 자유는 없어도 먹이와 안전이 보장되는 새장에서 재롱부리며 인정받고 살던 기억이 그리우면 돌아오겠지. 오늘도 애타게 찾고 있을 주인을 생각하면 어서 제집으로 돌아갔으면 하면서도, 어쩌자고 내 마음 한편에서는 새에게 그 반대의 문자를 보내고 싶은 것인지.

아버지의 노래

막상 송년회에 나가려니 설렜다. 이 얼마만인가. 송년 모임이라야 평소에 먹던 음식에 요리 몇 가지 더하고 노래방에서 노래 부르는 것이 고작인데 왜 가슴이 뛰는 걸까. 올해 마지막 모임이고 특별한 날 같아, 색다른 브로치로나마 변화를 주는데 슬그머니 웃음이 나왔다. 수필 쓰는 문우들과 함께 웃고 울던 한 해를 보낸 후에 맛보는 일탈을 내심 기대했는지.

음식 접시가 치워지고 커피가 나오자 달뜬 분위기가 감돌았다. 하지만 두꺼운 선곡집을 펼쳐 놓으니 막막했다. 내가 얼마나 오랜만에 노래를 부르는 걸까. 그동안의 내 삶이 그만큼 메말랐다는 의미가 아닌지. 얼른 한 곡을 고르고 옆 사람에게 넘겨야 할 텐데. 이 많은 노래 중에 아는 제목 하나 못 찾다니.

다른 이들의 노래를 듣다보니, '글이 곧 사람'이라는 게 괜한 말이 아니구나 싶었다. 부르는 노래들이 평소에 쓴 자신의 글을 닮은 것 같았다. 즐겨 듣거나 부르는 노래로 그 사람의 취향이나 성품 정도를 짐작할 수 있다면 비약일까. 어떤 가수의 노래를 여러 곡 듣다 보면 그만의 성정을 엿볼 수 있듯이. 평소에 즐겨 보는 영화나 책으로 그 사람의 성향을 알 수 있듯이 말이다.

한 사람이 두어 곡씩 불렀다. 내가 선곡한 마지막 곡은 패티 페이지의 'Changing partners'였다. 앞에서들 팝송을 부르기에 나도 그래 볼까 싶어서 무심히 고른, 대학 시절에 즐겨 부르던 노래였다. 그런데 그 곡을 부르면서, 불현듯 그게 나의 친정아버지 노래였다는 생각이 났다.

이민 올 때 엄마 아버지와 함께 비행기에 올랐다. 집에는 주문한 가구가 도착하지 않아서 앉을 의자 하나 없이 썰렁했다. 딸네 식구가 살게 될 집을 잠시 둘러보러 오신 아버지는 스산한 타국 생활을 짐작하신 듯 별 말씀 없이 며칠 동안 뜨거운 커피만 연거푸 드셨다. 짐 정리할 때 지하실로 내려다 놓으려던 노래방 기기만 텅 빈 거실 한구석을 차지하고 있었다.

"이건 뭐냐?" 그리울 때 노래라도 우리말로 부르려고 한국서사 온 것이라는 내 설명에, "그러냐, 그럼 어디 노래 한 곡 불러볼까?" 하셨다. 아버지가 노래를 부르신다고? 엄마도 의외라는 얼굴이었고 남편은 코드를 꽂으면서도 긴가민가 하는 표정이었다. 평소에 모였을 때 노래를 부른 적이 없던 우리에게 아버지의 그 제안은 타국의 공기만큼이나 낯설었다.

"어떤 곡을 틀까요?" 아버지가 원하는 일본 노래는 선곡집에 들어있지 않았다. 일본 가요가 없다는 말에, 아버지 눈동자에 서운함이 스쳐 지나갔다. 우리말보다 일본말이 더 자연스러운 시대를 사셨으니 그 시절의 정서로만 풀어낼 수 있는, 내가 짐작하지 못하는 무엇이 있었던 걸까.

"내가 어떤 노래 좋아하는지 너, 알아?" 가슴이 뜨끔했다. 아버지 노래를 들은 적이 있던가. 내가 좋아하는 노래를 혼자서 듣고 부르는 데 익숙했지 다른 사람과 같이한 경우는 드물었다. 식구들이 몇 번 노래방에 다같이 가서 노래한 적은 있어도 그 기억의 공간에 아버지의 존재는 보이지 않았다.

아버지는 일본 가요가 없으면 패티 페이지 노래가 있는지 찾아보라고 하셨다. 곡명은 'I went to your wedding'과 'Changing partners'. 그 노래를 부르신다고? 나도 가끔 듣던 노래여서 반가웠다. 그런데 아버지가 이 곡을 좋아하신다는 걸 나는 어찌 여태 모르고 살았을까.

내가 잘 안다고 생각했던 아버지의 이면에, 어쩌면 내가 모르는 무수한 내면이 어둠에 가려있었는지도 몰랐다. 가까이 살면서도 기나긴 세월 동안 나는 무엇을 보았던 걸까. 겉으로 드러나는 게 전부가 아니라는 걸 모르지 않으면서도 무심했던 시간. 이제와 그 사실을 알게 된들 어쩌라고. 아버지와 나 사이에 사소하지만 소중한 것들을 놓치고 살았을지 모른다는 자각이 자잘한 가시가 되어 마음을 연신 건드렸다.

아버지는 두 곡을 차례로 불렀다. 여든을 바라보는 은발의 노인이 중저음으로 부르는 노래는 잘 부르지는 못해도 감미로웠다. 두 번째 곡을 부를 때는, 아버지의 젊은 시절에 영화 같은 로맨스가 실제로 있었던 걸까 싶어 슬그머니 엄마 얼굴을 훔쳐보았다. 나는 필요 이상 감정이입이 되면서 감상에 젖었다. 이역만리 떨어진 곳으로 날아온 내가 아버지의 노래를 언제 또 들을 수 있으려나 싶어서, 그게 아버지가 들려준 마지막 노래가 아닐까 싶어서.

우리 집에 다녀가신 지 석 달만에 아버지는 먼 길 떠나셨고, 정말로 그 노래는 아버지 생전에 부른 처음이자 마지막 노래가 되고 말았다. 'Changing partners'. 내가 오늘 송년 모임에서 그 노래를 부른 게 우연이었을까. 마치 꿈속에서처럼, 나는 노래를 부르면서도 내 목소리는 듣지 못했다. 그건 '아버지의' 음성으로 듣고 싶은 '아버지의' 노래였으니까. 그 목소리가 얼마나 듣고 싶었던가. 천상에서 울려오는 목소리. 나는 그 노래를 부르며 허공에서 그분을 만나고 있었던 게 아닐는지.

흐르는 강물 따라

강물 소리가 맑다. 산란하러 돌아오는 어미 연어들이 물살을 거슬러 올라가는 강가에 앉아, 나는 바다를 생각한다. 강에는 해마다 가을이면 연어들이 바다에서부터 그 먼 거리를 헤엄쳐 상류로 오르는 놀라운 광경이 펼쳐진다. 수천 킬로미터를 역류하여 회귀하는 여정에서 연어는 여울목이나 장애물을 어떻게 뛰어넘을까. 거슬러 사는 삶은 누구에게도 녹록지 않을 것이다. '거스를 역(逆)' 자가 들어간 말치고 이루기 쉬운 단어가 있는가. 그 너머에 있을 성취감을 상상하는 게 원동력이 된다 해도, 역행에 대한 본능적인 두려움이 어찌 없을까.

며칠 전에 엄지손톱 밑에 가느다랗게 거스러미가 일었다. 이 큰 몸집에 비하면 하찮은 것일 뿐인데 조금만 건드려도 쓰리고 따갑더니 그 주위가 발갛게 부어올랐다. 만지지만 않으면 참을 만한데 언제까지 손가락을 움직이지 않고 지낼 것인가. 나의 아픔은 어떻게든 내가 극복해야 할 일이고 누구도 대신할 수 없는 일. 손톱깎이로 거스러미를 잘라냈다. 딸깍 소리 한 번으로 아픔도 잘렸다. 삶에서 겪는 슬픔도 고통도 이렇게 단박에 끊어버릴 수만 있다면.

거스러미는 말 그대로 흐름을 거슬러서 생기는 아픔이다. 피부조직의 결이 다른 부분과 반대 방향으로 엇나가서 고통을 느끼는 것이다. 손톱 밑 거스러미를 보고 있자니 역린(逆鱗)이라는 단어가 생각난다. 거스를 역(逆) 비늘 린(鱗). 용의 목에 있는 다른 비늘과는 달리 반대 방향으로 난 것을 가리키는 말이라고 한다. 손끝에 일어난 대단찮은 거스러미도 그리 아팠는데 용의 목에 거꾸로 선 비늘을 자극하면 그 고통이 어떨지.

역린은 누군가의 드러내고 싶지 않은 아픈 곳을 은유한다. 건드리면 유독 못 견뎌 하는 부분이 어떤 사람에게든 있지 않을까. 학벌이든 지위든 외모든 경제력이든, 극복하지 못한 콤플렉스가 하나쯤은 있을 수 있다는 얘기다. 한올져 지내는 사이라 해도 아물지 않은 상처를 건드리면 도지게 마련이다. 마지막까지 감추고 싶은 결핍이 어쩌면 그 사람의 역린인지 모른다. 수치스럽게 생각하는 열등의식을 함부로 자극하면 결국은 화를 입는다는 말은 상대가 아파하는 점이 무엇인지 살피고 배려하라는 뜻이리라.

역린은 건드리는 것이 금기시되는 상징적 의미 외에, 물고기가 용이 되기 위해 비늘을 세우고 급류를 올랐던 흔적이라고도 전해온다. 용이 되어 하늘에 오를 수 있다는데, 얼마나 많은 물고기가 급물살을 거슬러서라도 상류에 올라가고 싶었을까. 또 얼마나 많은 물고기가 좌절하고 포기해야 했을까. 급류에 휩쓸려 미끄러지지 않으려고 비늘을 거꾸로 세우고 올랐다니 그 안에 함축된 의미를 짐작하게 된다.

목표를 향해 급류를 거슬러 오르는 물고기의 행보가 한낱 기술일 수 없는 것처럼, 내가 들어선 문학의 길에서 글 한 편 완성하는 과정도 그와 크게 다르지 않은 것 같다. 비늘을 세워 간신히 오른다 해도 누구나 다 용이 될 수는 없을 터. 역리를 택하거나 순리에 몸을 맡기기에 앞서 나 자신에게 묻는다. 이름을 빛내는 용이 되어야만 하는가. 그것을 위해 비늘을 세울 일인가. 청춘의 가장 빛나는 시간의 강물을 지날 때는 나도 한때 그랬을 것이다. 용이 되고 싶던 적도 있고 목표를 위해 물길을 헤엄쳐 오르는 꿈도 가졌으리라. 평온한 물속에서 비늘 세울 일 없이 늙어가는 나. 욕심과 열정도 줄어, 흐르는 강물에 고단한 마음 풀며 내려간다. 너른 바다에서 가슴의 이름표 떼고 익명의 물고기 되어 살아간들 어떠랴 싶다.

내가 생각하는 문학은, 거스러미나 역린뿐 아니라 어떤 이유로든 넘어지거나 주저앉은 이들에게 손 내밀어 일으켜주며 같이 아파하고 눈물 흘릴 줄 알아야 한다. 물의 흐름을 거스르지 않고 바다로 흘러드는 평범한 물고기들을 지켜보는 애정 어린 시선이 등 뒤에 머문다. 이제 알 것도 같다. 비록 더디더라도 여러 곳을 두루 거치며 천천히 내려가야 마음에 보이고, 보여야 공감할 수 있으리라는 것을. 나의 글이 내 삶의 테두리를 넘어서서 타인에게 울림을 주고 작은 아픔을 덜어줄 수 있으려면 얼마나 먼 길을 굽어 돌며 흘러야 할까.

강물 따라 구불구불 내려가니 여유롭다. 목소리 높여 빨리 가야 한다고 재촉하는 이 없이, 자연과 함께 어울려 가는 이 길이 정겹다. 낮이면 햇빛 부서지는 윤슬에 취해도 보고 밤이면 별빛 달빛에 젖기도 하는, 꿈 같은 물길이다. 그렇게 얻은 삶의 여유로 주위의 나뭇잎 하나 돌멩이 하나에 생긴 작은 상처에도 따뜻한 눈길 주면서 흐를 수 있다면. 나와 남의 경계를 지우고 무수한 물줄기와 무시로 합하고 나뉘면서, 노래하고 춤추며 흐르는 강물 따라 그렇게 내려갈 수만 있다면.

거미의 여유

드디어 한 녀석이 걸려들었구나. 검은 등껍데기를 가진 곤충이다. 한눈팔다 걸렸을까, 급히 가다 걸린 걸까. 나는 거미줄 앞으로 다가가, 벗어나려 할수록 결박되는 삶의 아이러니를 목도한다. 거미줄과 먹잇감 사이에 벌어지는 서사는 단순히 먹고 먹히는 문제가 아니다. 불면 날아갈 것 같은 거미줄이 쇠심줄보다 질기다는 걸 저 곤충이 진즉에 알았다면 뭔가 달라졌을까.

미물의 꽁무니에서 나온 색깔도 없는 가느다란 줄이 방패같이 견고한 곤충 껍데기를 무력하게 만들다니. 이제 그 줄 위에서 생사를 가름하는 겨루기가 펼쳐질 것이다. 덫에 걸린 자가 몸을 뒤틀며 운명에 저항하지만 결국 투항으로 끝나고 마는 시간 싸움. 체력을 방전하는 소모전은 패자 쪽 어깨에 얹힌 짐일 뿐 고단수 승자에게는 가당찮은 일이다. 죽음을 눈앞에 둔 곤충의 공포심이

극에 달할 때마다 거미줄이 한 차례씩 흔들린다. 허기를 채울 독식을 예견하는 포식자가 경계를 풀면서 거미줄이 또 한 차례 출렁인다.

얼마나 많은 사람이 함정에 빠지고 덫에 걸리며 살아가는가. 온갖 맛있고 멋있는 것들이 거미줄에 매달린 이슬방울처럼 빛나며 가까이 더 가까이 오라고 손짓한다. 허욕에 물든 자들이나 삶에 지친 이들에게는 더없이 아름다운 유혹이다.

'눈앞의 저 빛/ 찬란한 저 빛/ 그러나/ 저건 죽음이다// 의심하라/ 모오든 영광을'

유하의 시 〈오징어〉다. 불나방이나 오징어만 불빛을 경계해야 하는 게 아니다. 모든 생명붙이는 휘황한 불빛을 의심할 줄 알아야 한다. 대개는 끈끈이 줄에 걸린 다음에야 그것이 벗어나기 어려운 유혹의 덫이었음을 깨닫는다. 상대는 거미다. 그는 자기가 만든 자기 집에서도 끈끈이 줄을 피해 가며 다닐 정도로 신중하다. 그건 그만큼 치밀해야 제가 놓은 덫에 제가 걸리지 않고 그 세계에서 살아남을 수 있다는 걸 안다는 의미다.

코로나 사태로 외출할 일이 거의 없었다. 마트에 장 보러 가거나 동네 산책하는 것으로 나의 행동반경이 좁혀진 지 오래다. 운

동화만 신다가 간만에 구두를 꺼냈다. 한쪽 발을 구두에 집어넣는 순간 뭔가 느낌이 수상쩍었다. 스타킹에 하얗게 들러붙는 이것은 아아, 거미줄. 대체 신발에 어떤 먹잇감이 들어올 걸 기대했기에 이 안에 집을 지을 생각을 했을까. 터를 잘못 잡은 탓에 기웃거리는 하루살이 하나 없었나 본데, 그렇다면 이 거미줄 집주인은 대체 며칠 동안이나 굶었다는 말인지.

제집에 인간이라는 거대한 동물의 무지막지한 발이 치고 들어오면 자기 목숨이 날아갈 지경에 이른다는 것쯤은 알아챘겠지. 누군가가 거미줄을 송두리째 망가뜨린다 해도 겁날 것 없다고 생각했으려나. 다시 지으면 그만이라는 여유도 없이 그만한 배짱도 없이 어찌 이 험난한 세상을 견디겠느냐, 인고의 미덕이 인간만의 전유물인 줄 알았느냐 싶었던 것일까.

작정한 일이었든 실수였든, 곤충이 거미줄에 걸린 것처럼 일이 꼬이고 얽혔을 때는 가만히 멈춰서 자기가 붙잡힌 줄이 어떤 줄인지 파악해야 한다. 침착할 것. 포식자가 먹잇감의 일거수일투족을 지켜보며 지치기를 기다리는 건 아닌지. 자기가 바르작거려서 줄이 한 번이라도 더 움직이면 그 음흉한 것이 득달같이 달려나와 덮치지 않을지. 잠시 평화로운 이 순간이 혹여 포식자가 아직 시장기를 느끼지 않아서 유예된 시간은 아닌지 감지할 일이다. 긴장을 풀 수 없겠지만 지레 겁먹을 일도 아니다. 며칠이나 굶었는지 몰라도 거미 입장에서도 먹이를 눈앞에 두고 섣부르게 행동할 수는 없다. 어떤 싸움에서든 하루치 양식이 걸린 자와 목숨이 걸린 자의 차이가 얼마나 극명한지 잊으면 안 된다.

걸려들었다고 당황하여 몸부림칠수록 그물은 옥죄어 온다. 갈팡질팡이란 단어는 금물이다. 일단은 숨죽이고 상황을 살펴야 하는데 저 검은 것은 시작부터 너무 버둥거린다. 등 딱딱한 저 곤충의 사투가 헛되지 않으려면 이제는 하늘의 손길이 있어야나 가능할 정도로 줄에 얽혔다. 구원의 밧줄 같은 외부의 힘이, 그것만이 살려낼 수 있는 유일한 길이라면 내가 잠시 그 밧줄일 수 있을까. 걸린 자를 완력으로 풀어주어 먹이틀을 설치한 주인을 굶길 것인지, 불운의 곤충을 사지에 버려두고 돌아설 것인지. 하지만 내겐 그 어느 쪽을 선택할 권한도 심판할 자격도 없다. 그러니까 내가 할 수 있는 일은, 있어도 있는 게 아니다.

박정하다 해도 관찰자로서는 각자 생존을 위해 최선을 다하는 저들의 행보를 지켜보거나 외면하거나 할 따름이다. 그 무겁다는 삶과 죽음이 한낱 가벼운 거미줄에 얹혀 낭창거린다. 거미줄이라는 덫은, 자신이 걸려들기 전까지는 다가가 보고픈 아름답고 신비로운 예술작품일 수 있다. 모든 유혹의 손길이 그렇듯이 거미줄은 부드럽고 나긋하다. 허기와 조바심을 누르고 몸을 숨겨 먹이를 바라보는 거미의 여유가 세상 어느 불빛의 유혹보다 더 섬

뜩하다. 손을 뻗는 곳이 그의 밥줄이고 허리 펴는 곳이 그의 쉼터다. 오늘도 이름만 다른 유형무형의 거미줄이 도처에서 손짓하며 유혹한다.

'의심하라/ 모오든 영광을.'

나를 위해 부르는 노래

증명사진은 내가 나인지 확인하는 데 그 존재 이유가 있다. 그러니까 내가 나 같아 보이면 그만이다. 그런데도 나는 기어이 가발을 쓰고 사진을 찍기로 한다. 예뻐 보이고 싶거나 머리 모양을 바꾸고 싶어서인가. 그래서라기보다는 흰머리를 감춰 보려고, 흰머리로 타인 앞에 선다는 게 아직도 자신이 없어서다. 윤기 흐르던 싱싱한 검은 머리카락, 수사자 갈기처럼 숱 많던 시간을 잊지 못해서일까.

여권을 갱신하려면 증명사진이 필요한데 한번 만들면 10년을 사용한다. 적어도 그동안은 사진 속의 모습으로 살게 되리라고 믿어서인가 보다. 하지만 지금의 내 얼굴이 10년 전 내 모습과 얼마나 다른지 알고 있는 나로서는, 오늘 찍는 사진 속 내 얼굴의 유효기간을 의심하게 된다. 앞으로 그 기나긴 시간 동안 낯선 곳에 갈 때마다 나라는 존재를 증명하려고 가발로 위장하여 연출할 것인지, 그저 있는 그대로 자연스럽게 내보일 것인지 두 선택지를 놓고 갈등한 것이다. 사진 찍기 전에 그런 대단찮은 이유로 망설인 것은 10년이라는 시간이 주는 중압감에서이리라.

그게 주원인이었는지 모르겠지만 나는 서른 중반에 빈혈을 앓으면서 흰 머리카락이 조금씩 생겼다. 처음에는 앞머리 일부만 하얗더니 점차 늘어서 염색을 하기 시작했다. 염색으로 나의 변화된 모습을 감추는 일은 직장 다니는 내내, 그리고 퇴직 후에도 오래 계속되었다. 어떤 모습이 진짜 나인지 나 자신도 구별 못 할 정도로 차츰 가짜 모습에 길들어갔다. 염색약의 부작용도 마음 쓰였고 나이 들어가면서까지 나의 자연스러운 모습을 그렇게 감추며 지내야 할까 하는 회의감에 젖기도 했다. 하지만 미용사 손길을 거치며 새뜻하게 젊어진 얼굴을 보는 즐거움에서 비롯된 자신감도 무시할 수 없었다.

어느 날 느닷없이 들이닥친 병고에 시달리던 일 년 가까운 동안에는 염색을 하고 싶어도 할 수가 없었다. 하얗게 변해버린 거울 속의 내 모습은 마치 다른 사람 같았다. 머리카락 색깔만 바뀌어도 저렇게 달라지는구나 싶을 정도로 내 얼굴이 낯설었다. 아플 때는 선택의 여지가 없었는데 회복되고 나니 갈등이었다. 그 독하다는 염색을 다시 하자니 겁이 났고, 안 하자니 외출할 용기가 나지 않았다. 타인의 시선을 의식하지 않는 일도 생각만큼 쉽지 않았고 무엇보다 나 자신부터 설득해야 했다.

거울을 자주 보면 거울이 보여주는 내 얼굴에 익숙해질까 싶었지만 그렇지도 않았다. 손자를 둘씩이나 둔 할머닌데 백발이면 어때? 나이를 앞세워 초연한 척하는 것도 잠시, 머리로는 수긍하면서도 속마음은 그 사실을 부인한다는 걸 인정해야 했다. 변한 내 외모에 본인인 나도 이리 적응이 어려운데 오랫동안 나를 알고 지낸 사람들이야 말해 무엇할까. 나를 보았을 때 그들이 놀라는 표정에 내가 더 놀랄까 두려웠다. 집에 있을 때는 흰머리로 늙는 것도 괜찮은 듯하다가도 외출할 때는 나도 모르게 가발에 손이 갔다. 당당하게 흰머리로 살기, 그런 건 더 나이 들어서 천천히 해도 늦지 않는다고 어설픈 타협을 하며 가발이나 모자를 집어 들었다.

나이 들어가는 자연스러운 변화를 받아들이지 못해 애쓰는 내 마음이 거울에 들어있는 나를 바라본다. 나의 본모습은 저 안에 비치는 하얀 할머니일까 가발로 위장한 거울 밖의 나일까, 아니면 내면 은밀한 곳에 들어있어 보이지 않는 또 다른 페르소나일까. 비록 눈에 비치는 모든 것이 허상이라고는 하지만, 흰머리가 지닌 허무함이 세월에 얹혀 고스란히 드러나는 거울 속 할머니를 보며 초연하기가 어디 그리 쉬운가. 적어도 나에게는 그녀가 낯설지 않아야 그녀의 은발도 자연스럽게 빛날 수 있으리라. 겉껍질을 투영하는 거울 또한 허상일 터인데 내 몸의 참된 주인을 어디에서 찾을 수 있다는 말인지.

껍질이 있어야 내면을 담을 수 있으니 어떤 껍질에 담느냐는 것 역시 중요하지 않겠느냐는 나의 허술한 주장이 설득력 있었는지, 외모에서 느끼는 허영을 이기지 못한 나는 가발 밑에 나의 본래 모습을 욱여넣고 사진을 찍었다. 그게 허영일까? 최소한의 예의 아닐까? 어쨌거나 나는 그 업보로 적어도 10년 동안은 싫든 좋든 사진 속 얼굴처럼 꾸며낸 모습으로 살아야 한다. 그것이 비록 나를 증명하는 사진이라 해도, 숱한 시간 중 어느 한 순간을 포착했을 뿐 그게 온전한 나 자신일 수는 없는데. 그냥 흰머리로 사진을 찍으면 어떻다고 그리 흔들렸을까. 몸이 마음보다 먼저 늙는 것도 서글프지만 마음이 몸보다 먼저 늙는 것은 더 서글픈 일이다. 가발을 저만치 밀어두고 모자에 손을 뻗으며 외출 준비를 한다.

감출 것이냐 드러낼 것이냐를 두고 고민하다가 스스로 당당한 선택을 하지 못했다고 여기는 마음이 10년 후 여권 갱신하는 곳을 향해 도망치듯 달려간다. 그곳에서 만난 나의 증명사진에는 은발의 머리가 곱게 빛나고 있다. "이제는 늙어 이마에 은빛 머리카락 빛나고, 인생은 빨리도 지나가는구려… 하지만 내게는 당신이 언제나 젊고 아름다울 것이오."라는 내용의 미국 민요 '은발'이 멀리서 들려오는 것 같다. 젊은 시절에 깊은 뜻 모르고 부르던 저 노래는, 황혼에 이르러 은발의 주인공 된 나 자신에게 불러주고 싶은 노래이어라.

짧고도 긴 쉼표

이름 모를 하얀 꽃잎에 내려앉은 주홍색 모나크나비 한 마리가 보인다. 대개는 무리 지어 다니던데 어쩌다 혼자일까. 제 몸만큼이나 가벼운 꽃잎에 몸을 부리고 숨을 고르는 쉼표 같은 시간, 찢긴 날개 끝이 흔들린다. 얼마나 고된 비행이었으면 날개가 저리 상했을까. 천릿길 회귀하는 상처투성이 어미 연어에게도, 날개 끝이 닳도록 수천 리를 날아온 나비에게도 삶은 녹록지 않은 여정이리라. 휴식하는 시간 위에 포개지는 햇살은 그 만만치 않은 삶을 달래주는 위로의 손길이 아닐까 생각하는데, 낯익은 과거의 한 장면이 스쳐 간다.

작업복을 입은 채로 바닥에 털썩 주저앉아 땀을 식히는 무리 중에 그가 있었다. 그들의 이마에 맺힌 땀방울이 하나로 모여서 가느다란 빗물처럼 흘러내렸다. 목에 두르고 있던 땀에 전 수건으로, 검게 탄 얼굴을 문지르며 웃던 그들의 치아가 햇살에 하얗게 빛났다. 공사 현장에서 근무하던 남편은 그 땀방울 속에서 살다시피 했다. 나는 그들의 땀을 통해 노동과 휴식이 균형을 이룰 때 얼마나 아름다운지를 보았다. 그리고 그 땀이 얼마나 고단한지도.

지하철을 타고 버스로 갈아타고, 선 채로 졸다 깨다 하며 집으로 돌아가는 길. 걸을 때마다 부스럭거리는 붕어빵 비닐봉지 소리가 그들에게는 하루의 유일한 행복이었다. 혹시나 하던 기대로 따뜻하던 붕어빵은 이미 잠든 아이와 아내의 고른 숨소리에 밀려서 큰소리칠 기회를 번번이 놓쳤다. 아내는 아내대로 갓 지은 밥 냄새에 스며들 웃음소리와 식탁 한 자리를 차지하게 될 행복을 상상하며 상을 차리곤 했다. 그녀에게 밥상은 단순히 허기를 달래는 공간이 아니었다.

소박한 마음으로 밥을 짓고 국을 끓이던 시간이 허망하게 식어가던 아내의 밤. 축축해진 붕어빵 봉지를 식탁에 가만히 내려놓고 식구들 깨울세라 발소리 죽여가며 이불속으로 기어드는 남편의 밤은 아내의 밤을 만나지 못했다. 겨우 잠든 부부에게 속절없이 찾아와 거칠게 문을 열어젖히는 불투명한 새벽. 고된 밤, 다시 새벽. 또 밤, 다시 새벽…. 숨 가쁘게 이어지던 내 남편과 나의 하루도 크게 다르지 않았다.

노동과 휴식이라는 단어를 떠올리면 다가오는 시커먼 그림 하나가 있다. 고흐의 '감자 먹는 사람들'이다. 땀 흘려 일한 뒤에 주어지는 휴식이 갖는 의미는 백 년 전 그때나 지금이나 다르지 않은가 보다. 하루의 긴 노동을 끝내고 저녁 식사하는 동안 말 한마디 없이 무표정하게 감자만 집어 가는 농부 가족의 거친 손이 어두운 배경에 흐릿하게 노출된다. 그림에서 보이는 단절의 벽은 어깨를 짓누르는 가난의 무게를 말하는 듯하다. 가난이 더께가 져서 어두울 수밖에 없는 방에서, 피곤에 지친 손과 손이 식탁에 모여 감자를 먹는다.

무겁게 움직이는 포크와 손놀림 사이에 내려앉는 침묵은 많은 이야기를 들려준다. 온 식구의 투박한 손으로 캐냈을 감자알에서 뿌연 김이 무심히 올라가는데, 누구의 얼굴에서도 휴식의 편안함이나 먹는 기쁨은 찾아볼 수 없다. 나는 그 수증기 너머의 고된 노동을 본다. 안온과 풍요 속의 일체감보다는 역경과 결핍으로 인한 균열에서 인간의 정서가 더 세밀하게 반응하며 움직이는가. 가난과 배고픔과 누추함과 비참함마저도 미화하지 않고 인간의 삶을 있는 그대로 표현한 작품이라서 깊은 공감을 끌어내는지 모르겠지만, 그림 속의 휴식은 여전히 아프다.

자연도 쉬어가는 계절 앞에 있다. 그 어떤 삶의 여정이라고, 고단한 육신을 부려놓고 휴식하는 순간이 달지 않을 수 있을까. 봄

여름 내내 바빴던 나무가 단풍으로 아름다운 것도 잠시, 낙엽 지면 가을이고 열매 떨구면 겨울이다. 봄이면 어김없이 새싹을 올리는 나무와는 달리, 한번 지면 그만인 인간은 나무라는 우주에 매달린 잎이나 꽃 같은 존재에 가깝다. 저마다 아름다운 꽃을 피우는 꿈을 갖고 산다 해도, 모두가 다 꽃과 열매를 거두며 살 수 있는 건 아니다.

잎과 꽃이 한 나무에 있어도 평범한 잎들은 꽃을 마음에만 품은 채 익명의 잎으로 살다 간다. 꽃은 한 생명의 절정이지만, 삶의 완성이라 할 수 있는 열매는 꽃이 져야 비로소 모습을 드러낸다. 꽃의 시간이 허공에서 순간을 머문다면 열매의 시간은 흙 속에 오래 묻혀야 제 역할을 한다. 잎들이 하나둘 떨어져 내리는 소리가 들린다. 어쩌면 열매나 잎의 낙하에는 눈에 보이지 않는 쉼표가 들어있을지 모른다. 동그랗던 마침표에서 생의 의지가 싹트면 쉼표 모양이 되듯이, 마침표를 찍어야 그 뒤에 새로운 문장을 다시 시작할 수 있듯이. 떨어진 잎과 열매는 흙으로 돌아가 오래 휴식하며 순환을 거듭하리라.

젊은 시절에 나를 사로잡았던 꿈과 열정은 퇴색하고 균열하여 먼지가 쌓였지만, 더는 지난 일에 연연하지 않는 나이에 이르니 휴식의 의미가 새롭게 보인다. 누군가에게는 아쉽고 달콤한 휴식이, 또 다른 누군가에게는 시작을 위한 인고의 시간일 수 있는 인생의 휴식은 짧고도 긴 쉼표이어라. 열심히 달려온 끝에 한숨 돌리며, 쉬는 것으로 보여도 내면의 활동을 멈추지 않는 겨울나무의 쉼표를 닮은 나의 계절을 본다.

돌아온 꽃

　이문세는 내가 좋아하는 가수다. 같은 곡을 종일 되풀이하여 들어도 물리지 않는, 대학시절 나의 영혼을 쥐고 흔들던 몇 안 되는 가수 중에 하나였다. 그런 그가 토론토에 왔다. 젊다못해 여리던 내 젊음을 들고, 아니 우리의 젊음을 들고서.

　눈물이 마를 나이에는 환상이라도 품어야 삶이 잠시 반짝인다. 그의 숨결을 느끼며 노래를 들으면 빛바랜 추억에도 생기가 돌지 모른다는 기대가 꿈인 듯 멀리 있을 때, 콘서트 티켓을 손에 쥐었다. 정말 내가 가도 될까. 지울 수도 버릴 수도 없던 옛사랑을 만났을 때처럼 돌아서는 발걸음이 허허롭지는 않을까. 기다리는 내 마음은 공연을 준비하는 가수만큼이나 긴장되고 설렜다.

　시큰둥한 남편을 설득해 콘서트가 시작되기 한참 전에 도착한 우리는, 시내 음식점에서 저녁을 먹으며 모처럼 기분을 냈다. 공연장에 들어서니 관객 대부분이 초로의 아줌마들이었다. 머리에 서리가 내린 구부정한 남편들은 내 남편처럼 마지못해 따라온 듯한 표정이었다.

그가 무대에 섰다. 어둠을 지우며 무대에 불이 들어왔고 비명에 가까운 아우성과 휘파람 소리가 이어졌다. 가만 앉아있어도 심장 울림이 커지고 호흡이 가빠졌다. 잠결에도 들리던, '광화문연가'와 '옛사랑' 노래를 그가 부를 터였다. 가사와 선율을 타고 다가오는 젊은 한때의 애틋하던 기억들이 어디에선가 비눗방울처럼 올라오고 있었다. 이문세, 그와 함께라면 나는 그 시절로 돌아갈 준비가 충분히 되어 있었다.

멀리서 내려다볼 때는 흐릿하던 그의 얼굴을, 대형화면이 확대하여 보여주었다. 지나친 친절이었다. 몽환적인 시간을 기대한 나는 화면 가득한 적나라한 주름과 깎지 않은 수염으로 초췌한 그의 모습에 마음이 아렸다. 더는 젊지 않은 나이에 멀리 오느라 피곤했을까, 아프다더니 그래서 그럴까. 다 그만두고 편히 쉬게 해주고 싶으면서도, 한편으로는 그가 부르는 노래를 기다리는 모순 속에 시간은 마냥 더디게 지났다.

그때 조명이 밝아졌다. 어디서 갑자기 그런 힘이 났는지, 그가 마이크를 휘어잡더니 모두 일어서서 즐길 준비가 되었느냐고 물었다. 일어서서 즐길 준비라니? 기다렸다는 듯이 네에~ 와아~

하는 함성이 넓은 홀에 울려퍼졌다. 일어나라고? 반사적으로 나는 옆자리에 앉은 남편을 바라보았다. 그는 별 소릴 다 듣는다는 표정이었고 주위에서는 다들 일어나느라 부산스러웠다.

앉아있는 사람이라고는 우리 부부와 아내를 따라온 할아버지 같은 남편 몇이 눈에 띌 뿐이었다. 순식간에 거의 모든 사람이 일어나 노래를 따라부르며 제자리에서 껑충껑충 뛰는데 멀뚱하니 앉아 있자니 민망했다. 일어나야겠지? 간절한 눈빛으로 묻는 내게 남편은 눈길 한번 주지 않았다. 분위기 깨는 것 같아 안절부절못하는 나를 안쓰러운듯 흘끔 보더니, 뛰고 싶으면 혼자 뛰라고 했다. 삼십 몇 년 동안 같은 빛깔의 언어를 쓰며 살아온 사람, 내가 그의 입술을 잘못 읽었을 리는 없었다.

주위를 둘러보니 옆에도 뒤에도 살집이 넉넉해진 아줌마들이 좁은 통로에 낀 채 현란한 춤을 추고 있었다. 단어 그대로 무아지경이었다. 이문세의 '붉은 노을'은 시들어가던 꽃잎들을 활짝 열어젖혔다. 그의 에너지는 저혼자 끓다 사그라지는 열정이 아니었다. 거의 모든 관객을 일어서게 만들고 같이 뛰며 열광하게 이끌어가는 힘이 있었다. 그의 음악과 춤은 나의 과거와 현재의 경계를 넘나들며 내 몸과 영혼을 흔들었다. 이제 일어설 때가 된 것 같았다.

나마저 일어서면 남편 혼자 외딴섬처럼 남겨질 게 뻔한데, 그 사람만 고립시킬 수 있겠는가. 버틸 만큼 버티다가 내가 일어섰다. 홀로 앉은 외딴섬을 육지로 편입시키려고 나는 정말 재미있는 척 뛰었다. 다른 세상에서 끓는 소리로 다 식어버린 나까지 끓어오를 수 있으리라고는 기대하지 않았다. 다만 재미있는 척하다 보면 정말 그렇게 된다는 말을 붙들고 젖먹던 힘까지 다해 뛰었다.

놀란 듯한 남편의 눈길이 내 몸에 와 닿는 게 느껴졌다. 나도 그만 앉고 싶었지만 지금은 아니었다. 남들은 신들린 듯 뛰는데 접신도 못한 채 한 구석에 쓸쓸한 부부섬으로 남고 싶지는 않았다. 내가 좋아하는 노래가 이어지기를 얼마나 바랐던가. 고통은 길고 기쁨은 순간인 듯 느껴지는 삶이 그곳에서도 예외는 아니었다. 광란의 시간은 길었고 조용한 노래가 주는 달콤한 시간은 찰나에 지나갔다.

한데 어우러져 소리 지르고 춤추는 동질감이 갇혀 있던 영혼을 자유롭게 불러냈는가. 중년이라는 나이의 갑옷을 벗어던진 그들은 다시 피어난 꽃무리였다. 엄마도 아내도 주부도 아닌, 자신의 이름으로 활짝 피어난 열정의 꽃. 스물의 나이로 돌아간 듯 발그레 상기된 얼굴에 핀 꽃은 눈부셨다. 초췌하던 가수의 얼굴은 혼신의 힘을 다해 열정을 쏟아부은 자만이 지닐 수 있는 표정으로 바뀌어 있었다.

기대했던 애잔한 분위기에 충분히 젖지 못한 아쉬움을 달래며, 나는 운전하는 남편의 옆모습을 바라보았다. 육지가 되고 싶지 않던 홀로섬에도 꽃은 피었던가. 여태껏 내 몸과 마음을 기대어 쉬게 해준 나의 섬에서 '옛사랑' 노래가 휘파람 되어 나지막이 흘러나오고 있었다. "이젠, 그리운 것은 그리운 대로 내 맘에 둘 거야. 그대, 생각이 나면 생각난 대로 내버려 두듯이…."

모탕, 액자를 나오다

나의 시선이 사진을 한참 붙들고 있다. 오래된 사진이다. 사진 속에 앉아 있는 네 이름을 물어보자 너는 모탕이라고 답한다. 장작을 팰 때 밑에 받쳐놓는 나무토막이 너이고, 그게 너의 존재 의미다. 나는 고개를 돌려 네 눈빛을 피하고 너는 알 수 없다는 표정으로 나를 바라본다. 모탕의 쓰임새를 모르느냐고 묻는 것만 같다. 나는 그게 왜 너야 하는지 묻고 싶었지만 그러지 못한다. 너를 닮은, 잊히지 않는 얼굴이 생각나서다.

그날 그는 실험실 철제 캐비닛 속에 그 큰 몸집을 욱여넣고 수업이 끝나도록 견뎠다고 했다. 밖에서 누군가 문을 열어주지 않는 한 나올 수 없다는 것을 동급생인 그들도 그 자신도 모르지 않았다. 사방이 막힌 폐쇄된 그곳에서 그는 무슨 생각을 했을까. 어둠의 냄새가 그의 몸 깊숙한 곳까지 배어들었을 한 시간이란 대체 얼마나 큰 공포였을까.

"너 저 안에 들어갈 수 있어?" 하고 장난삼아 묻는 그들에게 그는 표정 없이 고개만 끄덕였다.

"정말?" "정말?" 그 '정말'이냐는 여러 명의 다그침이 그를 캐비닛 안으로 '정말' 밀어 넣었던 것이다. 그러니까 겉으로 보이는 것만으로 판단한다면 피해자는 있어도 가해자는 없었다. '정말?'이라는 단어와 물음표가 범인이 되고 말았지.

대부분의 학생과 달리 그의 시선은 다른 먼 곳을 향해 있다는 걸 담임 교사인 나는 학년 초부터 눈치채고 있었다. 내가 그의 마음 내밀한 곳까지 챙기지 못한 일에 대해서는, 이제 겨우 학년 초인데 오십 명이 넘는 학생을 하나하나 속까지 들여다볼 수는 없었다고 변명하는 것으로 눙쳐보려 했다. 아직 갈 길이 먼데 어느 세월에 반 발짝씩 걷겠느냐고, 대충 건너뛰기를 하더라도 끝까지 가야지 않겠냐고 합리화하면서도, 나에게 그는 풀어야 할 어려운 과제였다.

그는 자기 몸을 수시로 급우들에게 빌려주었다는 게 밝혀졌다. 여름이 오기 전이었으니까 서너 달 동안의 일이었고, 그의 몸은 그들이 움직여야 할 자리를 아무도 모르게 대신했다. 대신 화장실 청소를 하고, 대신 주번을 하고, 대신 심부름하고. 그는 무구한 눈을 끔벅이며 뻔한 거짓말로 할머니로부터 용돈을 타내어 그들에게 갖다 바치기까지 했다지.

유난히 큰 키와 기다란 목과 긴 얼굴이 순한 초식동물을 연상시키는 데다가, 느릿하고 어눌한 말투가 그런 인상에 덧붙여져 그라는 이미지를 완성했을 터. 어쨌거나 가해자라는 친구들의 변명은 하나같았다. 호기심에 그래 본 거라고, 시키면 시키는 대로 말을 잘 들어서 캐비닛에 들어갈 수 있는지 그저 한번 물었던 거지 나쁜 의도는 없었다고. 잘못하고도 잘못을 모르는 그들이 쓴 반성문으로 책 한 권을 만든들 무슨 소용이 있을까 하면서도 나는 곧이곧대로 믿고 싶었다.

담임선생인 나는 그 사건이 얼른 수습되기만을 바랐다. 그의 부모를 만나고 돌아오는 길, 그 아이 얼굴이 떠오르자 다리가 휘청거렸다. 하지만 잘못을 저지른 급우들 또한 질풍노도의 청소년기를 지나며 저마다 상처를 부둥켜안고 어쩔 줄 모르는 나의 아픈 손가락들이었다. 결국 그는, 고개 숙여 바닥을 응시하며 두려움 가득한 어둠 속에 홀로 남겨졌고, 가벼운 처벌을 받은 급우들은 별일 없었다는 듯 밝은 곳으로 걸어 나갔다.

가을바람이 불어올 무렵 그는 내 학급을 떠났다. 나는 그렇게 그를 잃었고, 그는 교실 한쪽에 걸린 봄 소풍 사진 액자에 들어가 하나의 점이 되었다. 불의를 보고도 방관하는 많은 사람이 그렇듯이, 나는 그를 가두었던 벽을 허물기보다는 그 안에 남은 그의 그림자를 외면하려 애썼고, 그의 존재를 밀어내버린 선생으로 남았다. 움직여야 할 내가 있어야 했지만, 거기에는 바라보는 나만 있었다. 꿈속에서처럼, 내가 거기 있는데도 행동하는 나는 없었던 것이다. 나는 그때 어디에 있었을까. 나를 지켜보는 나의 시선을 느꼈었지. 그건 누구였을까.

기억은 모탕 사진으로 돌아온다. 퍽, 퍽, 환청처럼 장작 패는 소리가 들린다. 오늘도 모탕이라는 이름의 네 몸 위에서 장작이 쪼개진다. 의연한 침묵으로 받아내는 것 같아도 너의 속은 숨이 차다는 걸 나는 안다. 너는 매 순간이 아프고 두렵다. 서툰 도끼질을 믿을 수가 없어서, 누구에게도 털어놓을 수 없고 세상 누구도 지켜주지 못하는 고통이 끝나지 않을 것만 같아서라는 걸 나는 안다.

'도끼날을 받아낸 모탕의 상처와 눈물의 의미는 무엇이었을까.' 회한 어린 독백이 아스라이 들려오는 날엔 습관처럼 내 눈길이 액자 속 사진을 향한다. 자의에서든 타의에서든 모탕으로 살아가는 많은 이들의 삶을 미화하고 부추기는 세상을 믿고 싶지 않은 네 뒤에 정녕 아무도 없었던가. 옹이 없는 나무 없듯이 상처 없는 사람 없다는 것을 네가 알았는지 몰라도, 자존감을 다친 상처가 얼마나 깊은지 나는 너의 빈자리에서 읽는다.

문득 고개 들어 액자를 다시 보니 너는 이미 어디론가 사라지고 보이지 않는다. 사진은 공허 속 바람을 견디고 있고 네가 놓였던 자리에 깊게 팬 흔적만이 네가 한 시절 거기 있었음을 말해준다. 어쩌자고 나의 시각과 청각은 그 빈 자리에 놓인 너의 환영을 보는 것이며, 허공에 흩어지는 도끼 소리를 아직도 듣는 것일까. 액자에서 나온 너를, 그리고 네 삶을 닮았던 모탕의 한때를.

하얀 고무신

아흔이 내일모레인 노모와의 장거리 여행은 잠시도 긴장을 늦출 수 없게 했다. 기차로 두어 시간 거리에 있는 온천과 절 중에서 엄마가 택한 곳은 절이었다. 공기 맑은 곳에서 소박한 절밥 먹으며 한 이틀 정도 머물면 좋을 것 같아 찾은 곳. 부처님 품 안에 있다고 생각하면 엄마 몸도 마음도 안정을 느낄 수 있을 것 같아, 절은 호텔 대신 택한 숙소인 셈이었다. 산나물 무침과 된장국으로 저녁을 먹고 나니, 일찍 찾아 든 어둠에 산사는 이미 지척을 분간하기 어려울 정도였다.

따끈한 온돌에 누워있으니 몸이 노곤해지며 잠이 오려 했다. 그때 엄마가 난감한 표정으로 화장실에 가고 싶다고 하셨다. 얼마나 멀리 떨어진 곳에 해우소가 있었는지 기억해 내며, 전등 하나 없는 어둠 속에 지팡이에 의지해 한 발짝씩 더듬어서 갈 일을 생각하니 아득했다. 절에서는 화장실을 해우소(解憂所)라 부른다. 근심을 해소하는 곳. 비울 것을 비우지 못하고 몸 안에 지니고 있는 것도 근심은 근심일 터.

얼른 가서 엄마의 근심을 해결하고 와야 할 텐데 싶어 몸을 반쯤 일으켜 방문을 조금 열고 밖을 내다보았다. 문풍지 우는 밤, 바람도 추운지 문을 열기가 무섭게 방으로 밀고 들어왔다. 바깥은 겁이 날 만큼 깜깜했다. 안마당에서 두 줄로 나란히 걷고 있는 승복 밑으로 슬쩍 보이는 고무신이 적요 속에 하얗게 드러났다. 어두워서 더 하얗게 빛났을 저 발걸음이 지향하는 것이 설법으로 듣던 무명(無明)을 밝히는 일 아니었을까.

뜻밖에 마주친 하얀 고무신은 나를 스물 몇의 젊은 시절로 데려다 놓았다. 나는 대학 졸업하던 해에 시골 학교로 발령받았다. 주체하기 어려운 열정이 뿜어나오던 때였고, 자취하며 혼자 생활하니 모든 시간과 에너지를 학생에게 쏟아붓던 때이기도 했다. 내 종교가 불교라는 걸 학생들이 어떻게 알았는지, 읍내 절에서 매주 갖는 법회에 참석해 달라고 요청했다. 그들의 마르지 않는 열성은 법회뿐 아니라 특별한 행사에도 내가 일일이 관여하지 않을 수 없게 만들었다. 나는 그 시절을 생각하면 지금도 가슴이 뜨겁다.

불교학생회를 맡은 지 몇 달 만에 근처 큰 절에서 주최하는 수

련 법회에 학생들을 인솔하여 참가하게 되었다. 절에서 일주일 동안 스님들 일상을 그대로 체험하며 강도 높은 훈련을 받는 수련회였다. 뜨거운 피가 끓던 아이들은 1,080배에 도전한다고 야단인데, 내 체력으로는 108배를 하는 일도 까마득했다. 절을 하는 행위 자체가 모든 것을 비우고 자신을 낮추는 일이다. 바닥에 무릎 꿇고 고개 숙여 이마를 땅에 닿게 하면서 허세와 교만에 차 있을 수는 없지 않을까.

108번 절을 함으로써 자신을 낮추고 겸허해지는 경험, 그건 경험 이상의 의미였다. 내가 체력을 안배하며 백팔 배를 다짐하던 중에 그만 다른 곳에서 사달이 나고 말았다. 무리한 끝에 학생 하나가 쓰러진 거였다. 하필이면 덩치가 제일 큰 학생이었지만 인솔 교사인 나로서는 그런 것을 의식할 겨를도 없었다. 무슨 정신으로 내 몸집보다 훨씬 큰 그 아이를 둘러업고 스님들이 거주하는 안채까지 뛰어갈 생각을 했는지.

벌벌 떨리는 가슴으로 스님 거처에 도착했을 때 내 눈에 들어온 하얀 고무신. 댓돌에 가지런히 놓인 정갈한 고무신 앞에서, 나는 업은 학생을 내려놓을 생각도 못 한 채 무연히 서 있었다. 숨을 고르면서 잠시 안도할 수 있었던 것은, 고요 속에 평온하게 걷는 고무신을 보았을 때 느낀 인상이 깊이 새겨져서였을지도 모른다. 저 신을 신는 스님들 손에 맡긴다면 어떤 생명도 안전하리라는 무의식적인 신뢰가 내 안에 있었던 게 아닌지. 그 와중에도 고무신이 보였다니. 그게 우연이었을까.

잠든 학생의 얼굴을 밤새도록 들여다보며, 괜찮을 것도 같고 불안하기도 하여 바깥을 내다보면서 하늘이 열리기를 얼마나 바랐던가. 끝없는 나락으로 떨어질 것만 같던 밤. 경험이 없는 초임 교사에게, 우는 바람 소리는 길고 잠은 멀리 있었다. 그러던 중에 새벽녘이면 발소리 하나 없이 경외로우리만치 깊은 침묵 속에서 매일 이어지는 하얀 걸음이 눈에 들어온 거였다.

억겁을 한결같이 걸었을 고무신 행렬을 보자 불안하던 마음이 놀랍게 가라앉던 기억. 하얀 고무신을 보니 기억 저편에 묻혀 있던 한 장면이 문득 떠오른 것이다. 밤이 깊어가며 생각도 깊어진다. 가볍게 코 고는 소리에 돌아보니, 잠든 엄마 얼굴이 평화롭다. 모든 역할을 벗고 잠든 노모의 얼굴에서 평화로움 너머의 고독을 읽는다. 내 기억 속의 젊은 엄마는 늘 한복차림에 하얀 고무신을 신고 있었다. 스님들 고무신처럼 하얗고 정갈한 신이었다.

세속과 승가라는 차이가 있을 뿐 삶의 방향을 일러주고 이끌어준 고무신이었을 터. 스님들의 하얀 고무신과 엄마의 고무신이 눈앞에 갈마든다. 구십 평생 신고 걷느라 닳고 닳았을 신으로 엄마는 앞으로 얼마나 더 걸을 수 있을지. 바스락, 창호지에 어른거리는 나방 한 마리, 그림자가 낸 소리인가. 잠들지 못한 밤이 길다.

계절을 낚는 강가에서

가을 초입이다. 제대로 불태워보지 못하고 떠나보낸 젊음처럼 여름이 흐지부지 지나갔다. 태양의 열기도 많이 누그러져 산책하기 좋은 계절, 늘 걷던 산책로가 아닌 잡풀 우거진 숲길로 들어섰다. 인생길에서도 가끔은 익숙한 길을 벗어나 보고 싶을 때가 있는데, 오늘이 그랬다.

수북한 잡풀 위를 걸을 때마다 밟힌 풀들이 납작 엎드렸다. 앞서 걷던 사람들 발걸음에 꺾여 반쯤 누워있던 것들이다. 허리춤에 닿을 만큼 웃자란 풀을 어렵사리 헤쳐가며 걸어갔을 흔적을 보니 묘한 안도감이 들었다. 삶이 내게만 힘든 게 아니었구나 싶었을까. 내가 지나가고 나면 풀이 다시 일어나겠지만, 뒤에 오는 사람은 아마 오늘보다는 조금 더 분명하게 보이는 길을 걷게 되리라.

길이 끝나는가 싶으면 강물 소리가 들려왔다. 간헐적으로 들려오는 물소리를 따라, 보이지 않는 길을 짐작하며 걷다가 잠시 멈추었을 때였다. 저만치에 다리가 올려다보였다. 숨차게 걸을 땐 보이지 않다가도 숨을 돌리고 가만히 서 있으면 보이는 것들이 반가웠다. 다 온 것 같으면서도 길이 생각보다 멀었지만 다리라는 목표물이 눈앞에 있으니 발걸음이 수월했다.

　나는 어느새 강물이 내려다보이는 다리에 올라와 있었다. 오는 길 내내 물소리가 크다고 느꼈어도 막상 도달해 보니 넓지 않은 강이었다. 물소리가 큰 거로 보아 수심이 깊지는 않을 것이다. 강가에서 두어 사람이 낚싯줄을 던졌다 감아 들이고 또 던지기를 반복하고 있었다. 위에서 볼 때는 평화롭기 그지없는 풍경이지만 물속에서는 치열한 삶의 현장이 펼쳐지고 있겠지.

　제법 긴 시간을 기다린 끝에 어른 팔 길이 정도 되는 연어가 낚싯줄에 걸리면서, 다리 위에서 지켜보던 이들 사이에 안타까움과 안도감이 교차했다. 낚시꾼과 연어와 구경꾼이 등장하는 무대 공연은 극적인 순간의 연속이었고 희비가 엇갈릴 때마다 숨죽인 작은 탄성과 환호가 터져나왔다. 다리에는 우리 부부보다 먼저 와 있던 사람 서넛이 내려다보며 응원하고 있었다. 누구를 응원하는 걸까. 낚시꾼일까, 낚싯줄에 걸린 연어일까.

　한동안 그 광경에 빠져들어 지켜보다가 늙수그레한 남자가 건져 올리려는 은빛 연어와 눈이 마주쳤다. 팔팔한 힘으로 맞서던 연어가 공중으로 튀어 오를 때 몸에서 하얗게 흩어지는 물방울이 연어의 저항만큼이나 세찼다. 그가 줄을 풀자 연어도 저항을 멈추고 순해졌다. 미끼를 물었지만 빠져나갈 방도를 궁리하고 있는지 움직임이 느릿했다.

한때 세상의 흐름을 타지 못하고 쓸데없이 버티면서 소진하던 기억이 올라왔다. 쉼 없이 달라지는 세상의 소리에 귀 기울일 줄 모르고, 손에 쥔 줄을 잠시도 늦추지 않고 단단히 잡고 있는 내가 보였다. 그것만이 성실하게 사는 거라 믿었을까. 낚시처럼 흐름을 바로 알고 조였다 풀었다 하며 때와 힘을 조절하는 게 삶의 기본일 터인데. 줄이 느슨해지면 물의 흐름에 몸을 맡기고 힘을 아낄 줄 아는 연어가 지혜로워 보였다.

낚싯줄이 올라가더니 팽팽한 활처럼 휘는가 하는 순간 그는 다시 줄을 풀어놓았다. 굳게 닫힌 낚시꾼의 결연한 입술에 눈길이 갔다. 지켜보던 이들도 긴장감을 즐기는 듯 숨을 죽였다. 어쩌면 인생에서도 가을에 접어들었을 법한 낚시꾼, 그가 진정 건지려는 건 무엇일까. 나는 무슨 생각에서인지 그 자리에 오래 머물렀다.

하얀 포말을 일으키는 상류의 물살을 닮은 열정의 시간을 살던 시절이 나에게도 있었다. 그러면서도 무엇인가 모르게 늘 아쉬웠다. 무엇이 부족했다기보다는, 무엇을 가졌는지 보려 하지 않았거나 못 보았기 때문이리라. 강물은 마치 인생살이를 보여주는 것 같았다. 하류로 내려갈수록 강폭이 넓어지면서 물소리가 깊어지고, 급할 것 없다는 듯 여유를 보였다. 머지않아 넉넉한 바다의 품 안에 안길 터. 온갖 감정과 욕망에 흔들릴 만큼 흔들리며 하류까지 흘러와 보니, 흔들림 없는 평화에 이르는 길이 어쩌면 삶의 궁극의 목표가 아니었나 싶다.

원하는 게 무엇이든, 모든 것이 끝난 후 너무 늦게 얻게 되는 경우가 얼마나 많은가. 지금 낚싯대에 걸려 몸부림치는 연어도 어쩌면 생의 여정 그 끝에서나 평화를 만나게 될지 모른다. 낚시에 몰입한 얼굴에 잔잔하게 번지던 낚시꾼 표정이 마음에 남는다. 그는 낚시라는 시간을 통해 자신이 찾던 것을 건졌을까.

계절을 낚던 사람도 연어도 구경꾼도, 모두가 떠난 강에는 물소리만 남아 있다. 막을 내린 무대의 정경이 호젓하다. 시간도 강물도 한번 흘러가면 다시는 돌아오지 않는다는 엄연한 자연의 질서. 윤슬로 눈부신 강물이 내 마음을 조용히 지나가며 속삭인다. 내가 살아온 가을도 괜찮았다고, 다가오는 겨울도 그리 춥지만은 않으리라고. 이미 내 안에는 인생의 모든 계절이 다 들어와 있다. 중요한 것은 자연의 계절이나 인생의 계절이 아니라, '내가 진정 어느 계절로 살고 있는가'이리라. 어깨를 스치는 바람이 부드럽다.

2

자몽한
밤에

너는 그렇게 나에게 오고

네가 내 집에 오게 된 건 글쎄, 그게 우연이었을까. 꽃가게에서 너를 처음 봤을 때, 네 이름이 낯선 영어로 적혀있고 꽃이 피지 않았어도 한련(旱蓮)이라는 걸 한눈에 알아봤어. 모종 철이 지나자 처분하려고 한구석으로 모아놓은 너희는, 구겨진 철사줄처럼 서로 엉켜서 너희 본연의 가치를 잃고 있었어. 살까 말까. 괜히 가져다가 살리지 못하면 어쩌나 하면서도 연잎을 닮은 너의 잎에 끌렸어. 네 이름에 연꽃 연(蓮) 자가 들어 있는 게 이 잎 때문이구나 하며 내 손은 너와 네 친구 둘을 골랐지. 혼자는 외로울 것 같았어.

보이지는 않아도 네 줄기 속에 감춰진 아주 작은 꽃망울이 내 마음을 잡고 흔들더라. 초록 뒤에 숨은, 꽃을 올리려는 안간힘을 본 거야. 나는 잠시 흔들렸지. 너라면, 네가 흔드는 거라면 흔들리고 싶었어. 그때 콩알만 한 꽃망울이 또 하나 보인 거야. 다시 한번 흔들. 그래 흔들어보렴. 나는 그 흔들림에 기꺼이 몸을 맡기고 싶었어. 엄마 등에 업혀 다니며 아기 때부터 익숙해진 흔들림, 그 따스하던 기억 때문이지. 고국을 떠나 살다 보니 태평양 건너 불어오는 바람만큼 포근한 바람도 없더구나.

놀랍게도 그 순간, 그러니까 내가 바람을 느낀 순간 주황색 꽃 세 송이가 너희 몸에서 깨어나는 거야. 아주 천천히 하나씩, 다큐멘터리 영상에서처럼 피어났어. 믿어지지 않지? 꽃 앞에 서서 보고 있는 나도 내 눈을 의심했으니까. 이게 가능한 일일까. 염력(念力)이라 하기엔 너무 비현실적이어서 멍하니 서 있을 수밖에 없었어. 그런데 정말 꽃이었어. 똑같은 색깔의 한련화. 네 몸의 가느다란 줄기가 꽤나 길다는 걸 알고 어린아이 다루듯 조심스레 차에 실었어. 우리 집 뒷마당에 도착하여 네가 물어본 첫 질문이 뭐였는지 생각나니? 그날이 기억나느냐는 거였어. 그 날이라니? 처음에는 그게 무슨 말인가 했지. 그 말을 신호 삼아 거짓말처럼 그때 풍경이 열렸고 나는 기억 속 시간으로 들어갔어. 그리고 너의 전생이라고밖에 할 수 없는 그곳에서 너를 다시 만났단다.

어느 한정식집 마당이었어. 한옥을 개조하여 만든 그곳은 정갈했고 여느 음식점답지 않게 한가했어. 소수 예약 손님만 받는 곳이었거든. 햇볕이 내려앉는 안마당 양편으로 소담한 꽃들이 자연스럽게 도열해 있었지. 자연스럽다는 건 가꾸지 않아 제멋대로였다는 의미야. 그 방만한 흐트러짐에 마음이 평화로워지는 아이러니를 너는 이해하겠지. 하지만 나는 눈길 줄 겨를도 없이 일행을 따라 안으로 향했어. 다 들어가는데 나만 마당에 남는 게 어색했거든. 한지를 발랐던 문을 유리문으로 갈음한 것이 신기하여 그것에 시선을 두며 댓돌에 구두를 벗으려다 돌아본 마당. 구석진 한 켠에서 뭔가 나를 붙드는 게 느껴졌어. 저게 뭐지? 한련?

맞아. 한련화. 그런데 그 꽃들이 자리한 터가 소 여물통이라는 걸 나중에서야 알아차렸어. 그 조용하고도 뜨거운 주홍색 한련이 넘실거리고 있어 나무통은 보이지 않았던 거지. 여물통은 소 먹이 그릇인데 어른 양팔 길이쯤 되는 아름드리 통나무 속을 파낸 거였어. 여물을 먹으며 자란 소가 떠나자 그 그릇을 너희 한련이 차지한 거야. 왜 하필이면 소 먹이통이었을까. 하지만 정작 내 마음을 잡은 건 소 밥그릇이 아니라, 주홍빛 낭창거림 속의 당당하고도 자유로운 몸짓이었어. 같은 줄기에서 핀 같은 색 꽃인데도 제각각 다른 곳을 바라보며 바람결에 하늘거리는 한련의 자유로움이었지.

같은 방향을 바라보며 사는데 익숙한 나였거든. 가족과 친구와 동료와, 아니 생판 모르는 사람들과도 향하는 방향이 다르지 않있어. 나만 다른 곳을 보면 왠지 불안하고 뭔가 잘못된 것 같았지. 꽃도 그렇잖아. 다들 해바라기를 하며 같은 곳을 바라보잖아. 나도 그랬어. 남들이 대학에 가면 나도 갔고 남들이 취직하면 나도 했고 남들이 그맘때쯤 결혼해 아이를 낳으면 나도 그래야 하는 줄 알았지. 다른 데를 바라볼 생각도 못 했는데 한참 걷다 돌아보니 길은 하나가 아니라 여러 갈래였던 거야.

나는 너희가, 저 보고 싶은 곳을 향해 제멋대로 고개를 돌리고 있다는 게 놀라웠어. 내가 학창 시절로 돌아가면 제일 해보고 싶은 게 뭔지 아니? 금지된 일을 골라서 저질러 보는 거야. 놀랍지? 나 좋아하는 콘서트에 가느라 결석하고, 조퇴하여 금지된 영화도 몰래 보고, 아니다 싶은 어른에게 대들어도 보고, 교복 치맛단도 돌돌 접어 올려 깡총하게 입고 다니고, 신나게 연애도 하고. 고작 그런 거냐고 하겠지만 그 당시에 그러기 위해서는 목숨 걸다시피하고 혼자서 딴 데를 바라봐야 했거든. 무리에서 '혼자'가 된다는 것, 그건 두려움과 외로움을 동시에 짊어지는 일이더라. 타국에서 소수로 사는 일보다 더, 훨씬 더.

네가 우리 집에 온 바로 다음 날 너는 내가 상상하던 꽃을 올렸어. 반갑거나 기쁘다기보다는, 꽃집에서 만났을 때 네 몸속 꽃망울을 내가 상상한 게 아니라 실제로 본 거였나 하며 혼란스러웠어. 환생한 것처럼 내 앞에 나타난 너를 보며 이게 정말 우연일 수 있을까 생각했지. 나에게 닿기 위해 그 멀리서 날아온 너를 말이야. 네 안에서 무엇인가가 깜빡였어. 너만이 낼 수 있는 빛이었지. 나도 내 감정에 솔직하며 변화무쌍하게 펼쳐지는 시간의 빛을 따라 나의 길을 걷고 싶었거든. 너처럼, 바람결에 춤추는 뜨겁고 자유로운 영혼으로 살고 싶었단 말이야. 너는 그렇게 나에게 왔단다.

한 생애를 늙히는 일

냉장고 속 세상에도 생, 로, 병, 사를 거쳐 가는 생명붙이의 질서가 엄연하다. 갓 들여놓은 싱싱한 채소와 먹다 남은 시들시들한 채소가 대가족처럼 한 공간에 머물고 있다. 냉장고에 보관되는 것들은 유통기한 날짜를 몸에 붙인 채 조금씩 늙어간다. '한 생애를 늙히는 일은 쉽지 않다'라고 한 김훈 작가의 말이 냉장고 안에 살아 숨 쉰다. 인간 세상이나 냉장고 세상이나, 그곳이 떠나지 못한 생명을 '늙히는' 공간일 수도 있겠구나.

애호박과 가지는 원래 한 팩에 두 개씩 들어 있었다. 공기 접촉 때문인지 몰라도 하나씩 꺼내 먹고 나자 갑자기 노화가 빨라지는 것 같았다. 남은 애호박은 이름이 무색할 정도로 쭈글쭈글해졌고 탱탱하던 보랏빛 가지는 노인들 손등에 번지는 검버섯 모양으로 군데군데 갈변했다. 미우나 고우나 서로 기대어 지내던 제 짝을 잃은 허전함에 저리 빠르게 무너진 것인지.

친정어머니는 하늘 같던 남편을 떠나보내고 급격히 쇠약해지셨다. 시아버님도 오랜 병구완에 지칠 법도 한데 시어머니 돌아가시고서 아내의 부재가 믿기지 않는지 삶의 의욕을 잃고 환영에 붙들려 힘들어하셨다. 쌓인 세월만큼 정이 든 노부부의 이별은 상실감이라는 말로는 설명하기 어려웠다. 자식이나 손주를 통해 삶의 끈을 잡아보려는 의욕도 사라진 허망한 눈빛은, 노년일수록 짝이 있어야 한다고 호소하는 듯하였다. 그것이 내가 본 아버님의 마지막 표정이었다.

늙어서 혼자 사는 일이 어려운 이유는 육신의 고달픔도 있겠지만, 그 못지않은 게 외로움인 것 같다. 외로움이란 슬그머니 찾아와 연신 마음을 건드리고 두드리다가 결국에는 적셔버리고 만다. 외로움은 촉촉한 봄비나 감성적인 가을비가 아닌 스산한 겨울비가 아닐까. 노부부로 살다가 어느 날 홀로 남겨지는 일은 겨울비를 피할 우산을 잃는 것과 다름없다고 하면 지나친가. 물론 자식이, 어깨를 가려주는 우산 역할을 하는 자녀들이 있다. 허나 한쪽을 가려도 여전히 다른 쪽 어깨가 젖는다는 걸 알기에는 너무 젊은 그들이다. 나는 홀로 남은 엄마의 반대편 어깨가 젖고 있었다는 것을 내 나이 노년에 이르러서야 겨우 알았다. 내 어머니에게 정작 필요했던 것은 멀리서 듣는 전화 목소리가 아니라 몸으로 교감하는 시간이었는지도 모른다.

냉장고를 바꾸기로 했다. 겉으로는 멀쩡해 보여도 1989년생, 늙음 막바지에 이른 냉장고다. 이민 컨테이너에 실려 캐나다까지 왔고 30년 남짓한 세월을 같이 살았다. 잔고장 한번 없더니 냉장칸에서 몇 방울씩 물이 새기 시작했다. 늙는 일이 힘들어서 흘리는 눈물이었을까. 생물은 늙어 떠날 때가 되면 몸 안에 있던 물기도 마른다는데, 이것은 무슨 일인지 발등까지 흐른 눈물이 지워지지 않는 얼룩으로 남았다. 고쳐볼까 싶었으나 인건비도 비싸고, 워낙 오래된 것이라 부품 구하기도 어려워 어쩔 수 없이 내린 결정이었다.

새 냉장고는 오후에 배송된다고 했다. 내용물을 꺼내고 보니 엄청났다. 그 몸으로 어떻게 그 많은 것을 다 품고 있었을까. 그중에는 이미 생명력을 잃은 것들도 적지 않았다. 주인이 불러주지 않아 미처 제 역할을 다하지 못한 것뿐인데, 유효기간이라는 숫자에 밀려 퇴출당하는 것들 보기가 민망했다. 냉장고는 제 속을 드나들던 것들과의 추억보다는 우리 가족에게 익숙해진 시간의 힘으로 세월을 견뎠는지도 몰랐다. 헤어져야 할 시간, 전원을 끄려고 플러그를 뽑는 순간 잠시 손끝이 긴장했다. 인간의 유효기간은 언제까지일까, 몸 안이나 바깥 어디쯤 보이지 않는 곳에 그 날짜가 적혀있는 것은 아닌지. 아무도 그걸 모르니까 태연히 살아갈 수 있으리라.

기다리던 새 냉장고는 밤늦도록 오지 않더니 배송이 내일로 미뤄졌다고 했다. 실온에서 냉기를 잃어 미지근해진 먹을거리들을 도로 집어넣었다. 빼낼 때보다 시간이 훨씬 더 걸렸다. 냉장고도 내 마음 같아서 우리 식구 곁에 하루라도 더 있으려고 이런 일이 일어난 게 아닐까. 실없는 생각인 줄 알면서도 한편으로는 정말 그랬으면 했다. 그저 내 마음의 유예기간을 늘려보려는 부질없는 바람이었겠지만.

30년 지기 냉장고가 떠나기에 앞서 윙윙, 소리를 낸다. 나는 그게 노쇠한 몸이 내는 소리라는 걸 알아차린다. 늙음은 소리로도 온다고 한다. 앉을 때 '끙' 소리를 내고, 일어설 때 '에구구' 하면 늙은 것이라는 농담 아닌 농담이 허투루 들리지 않는다. 육신이 있기에 병들고 늙는 고통을 겪는 것일 터. 숨탄것들이 예외 없이 거쳐야 하는 생로병사, 누구라고 피할 수 있으리. 하루 더 유예된 냉장고의 시간에 마음이 기운다. '내일까지'라는 생각에, 그동안 무던히 함께 늙어온 세월이 고마우면서도 눈에 밟힌다.

엄마와 재봉틀

여든의 문턱을 넘어, 하고 싶은 일을 하나씩 접을 때마다 엄마는 서글퍼했다. 아흔 고개에 접어들면서부터는 지팡이를 짚고도 보행이 어려워 몇 걸음 걷지도 못하고 아무데나 걸터앉곤 했다. 주민 센터에 다니며 배우던 장구도 영어도 노래도 그만둔 지 오래였어도, 바느질만큼은 포기하기 어려운가 보았다. 재봉이 마지막 자존심일지도 몰랐다. 어렸을 때 딸 넷의 옷은 모두 엄마의 손끝에서 나왔다. 집안에 재봉틀 돌아가는 소리가 멈출 날 없었으니, 재봉틀은 엄마와 평생을 함께하며 속내를 털어놓는 가장 가까운 친구가 아니었을까. 내가 멀리서 걱정을 할 때면, 바느질도 하고 책도 읽을 수 있으니 아직은 괜찮다던 엄마였다. 재봉은 혼자 집에서도 할 수 있고 두뇌에도 좋으니 끝까지 할 수 있을 거라며 격려하던 나를, 엄마는 무턱대고 믿고 싶은 눈치였다.

문제는 나이가 드니 자꾸 잊어버린다는 거였다. 밑실이 자주 엉켜 겨우겨우 풀어놓으면 무슨 영문인지 바늘이 멈추고 실이 끊기길 반복했다. 그럴 때마다 엄마는, 눈 감고도 하던 일인데 내가 왜 이러는지 모르겠다며 주눅 든 목소리로 기사를 불렀다. 와서 가르쳐주는 데 3분. 다시 해보라고 연습시키고 출장비 3만원을 받아가길 여러 차례. 엄마는 그게 아깝기도 하고 자존심도 상했을 터였다. 기사를 부르는 게 그날따라 왜 그렇게 싫었는지 엄마는 재봉틀을 들고 수리점까지 가겠다고, 거기서 배워오겠노라고 했다.

창밖을 내다보았다. 이미 어둠이 내린 거리는 을씨년스러워 나갈 엄두가 나질 않았다. 바깥은 영하 10도라는데 얼마나 매울지. 기사를 부르기만 하면 될 일을, 거기까지 가는 택시요금이 더 비싸다고 설득해도 막무가내였다. 분별력을 잃은 나도 엄마도 오기가 났고, 엄마를 이겨먹으려는 딸이 괘씸했는지 일부러 더 고집을 부리는 것 같았다. 콜택시를 불렀다. 밥공기 하나도 발발 떨며 들던 엄마가 어디서 그런 힘이 났는지 재봉틀을 통째로 들고 나섰다. 다 필요 없으니 혼자 다녀오겠다는 엄마 뒤를 따라갔다. 바람까지 불어 몸을 파고드는 추위는 지독했고 그럴수록 나는 엄마가 원망스러웠다.

어렵사리 찾아간 곳은 난방도 들어오지 않는 가건물 창고였다.

손바닥만 한 전기난로 하나로 얼음장 같은 추위를 견디고 있었다. 하나뿐인 콘센트에 엄마가 가져간 재봉틀 코드를 꽂으니 그나마 켜졌던 난로도 꺼졌다. 설명을 들으며 계속 해보는데도 엄마는 자꾸 실수를 했다. 재봉에 문외한인 내가 들어도 따라 할 수 있을 만큼 설명은 쉬웠고 숱하게 반복됐다. 엄마는 눈이 침침해서 잘 안 보이기도 했지만 추위에 손이 곱아 실도 잘 끼우지 못했다. 나도 발이 얼어 연신 발가락을 꼼지락거려야 할 지경인데 엄마는 어떨는지.

엄마는 생의 끝자락에서 재봉틀을 끌어안고 아무도 응원하지 않는 외로운 싸움을 하고 있었다. 내가 엄마 나이에 이르러 내 삶의 의미라고 여기던 글조차 포기하게 되면 심정이 어떨까. 엄마의 일은 멀지 않은 내 미래의 일이고, 그게 나에게 글쓰기라면 엄마에게는 재봉이라는 걸 모르지 않았다. 그때, 울 듯하면서도 노기 띤 목소리가 얼어붙은 공기를 깨고 날아왔다. 엄마는, 그만 됐으니 설명을 종이에 적어달라고 했다. 추워서가 아니었다. 등 뒤에서 무섭게 노려보고 있을 딸이 보이는 것 같아, 긴장되고 손이 떨려 못하겠다는 거였다. 나는 그만 주저앉아 울고 싶었다.

왕복 택시비 3만 원, 수업료 1만 원. 편안하게 집에서 배워도 되는데 추운 곳까지 찾아온 걸 따질 줄 알았는지 엄마가 선수를 쳤다. 목소리에 파란 불꽃이 일었다.

"이론적으로는 네 말이 맞을지 몰라도 엄마가 그 정도로 예민해 있을 때는 일단 물러서라. 너 좋은 점이 그거였는데 오늘따라 대체 왜 나를 가르치려 드느냐. 예서 한 마디라도 더 하려거든 당장에 너 사는 캐나다로 가거라." 나는 할 말을 잃고 멍하니 서 있었다. 도대체 내가 무슨 짓을 한 것일까.

어쩌자고 내가 그랬을까. 어쩌면 이번이 마지막 만남일지 모르니 무슨 일이 있더라도 편안하게 해드리자고 다짐하고 왔건마는. 판단력도 기억력도 이해력도 모두가 예전 같지 않은데, 시시비비를 가리는 게 더는 아무 의미도 없다는 것을 모르지 않으면서도. 거동이 불편한 노인을 안전하게 돌본다는 명목으로, 엄마 뜻대로 하지 못하게 말리는 것에 대한 피해의식이 있다는 걸 얼마 전에 들었다. 이제와 후회하면 뭐하나, 흐릿해져 가는 엄마의 기억에서 나는 그날의 일을 지우고만 싶었다.

"그날, 재봉틀 일은…, 엄마," 나는 엄마를 불러만 놓고 말을 잇지 못했다. 듣고 있던 전화 목소리가 조용히 흔들렸다.

"넌 다 늙어서도 눈물이 많구나. 내가 그깟 일로 고깝고 서운해하며 살았으면, 이 나이 되도록 온전한 정신으로 살았겠냐. 한가한 소리 그만하고, 거긴 밤일 텐데 어서 자거라."

때로는 잘못을 무조건 덮어주는 것도 사랑이다.

자몽한 밤에

어제 못 잤으니 오늘은 자야 할 텐데. 이런 생각이 잠을 쫓는다는 걸 알면서도 벗어나지 못하고 뒤척인다. 어제는 어제고 오늘은 오늘인데 어제 못 잤다는 생각에 마음이 묶여 오늘마저 허비하는 어리석음을 되풀이하고 있다. 문제는 생각이다. 생각만 떨쳐버리면 잠은 오게 마련인데. 깊은 잠 못 들고 자주 깨는 노루잠이라도 잘 수만 있다면.

그때는 어찌 그리 잠이 쏟아지던지. 생각의 기차는 아버지가 입원해 계시던 병실로 나를 데려다 놓는다. 이민 온 지 석 달 만에 아버지 병세를 알리는 비보가 날아들었다. 말기 암이라는 갑작스러운 충격에 정신 차릴 겨를도 없이 눈을 떠보니 어느새 내가 아버지 곁으로 날아가 있었다.

그럴 리 없다며 실낱같은 빛을 붙들고 있던 가족에게, 이래도 못 믿겠냐는 듯 흑백사진이 보여주는 검사 결과는 가녀린 희망의 끈마저 모질게 잘라버렸다. 그날부터 아버지와 함께하는 병실 생활이 시작되었다. 표정을 감추고 희망과 절망으로 속고 속이는 날들이 이어지면서 가슴에 무거운 돌덩이가 쌓여갔다. 헛된 희망이 때로 돌이킬 수 없는 잔인한 독이 된다는 걸 알면서도 차마 아버지 가슴에 진실이라는 칼끝을 들이댈 수는 없었다. 내게 어떤 아버지였는데….

하루에 한 번, 마치 무슨 의례인 양 나는 아버지 휠체어를 밀고 병원 12층에 있는 식당에 올라갔다. 우리는 커피와 차를 앞에 놓고 창밖으로 시선을 고정한 채 그저 묵묵히 앉아 있다 내려오곤 했다. 아버지는 무슨 생각을 그리 깊이 하셨을까. 그리고 나는 왜 어떤 말을 해서라도 그 무거운 정적을 깨지 못했을까. 어쩌면 겁먹은 나의 목소리를 들킬까 두려웠으리라. 불안한 내 눈빛을 감출 자신이 없었으리라.

밤에 당직 간호사가 다녀가고 나면 그때부터 잠이 몰려왔다. 종일 일을 한 것도 아니고 보호자라는 이름으로 잔심부름한 것밖에 없는데 몸을 가누기 어려울 만치 고단하고 졸렸다. 그러다가 아버지 뒤척이는 소리가 들리면 잠이 안 든 척 목소리를 흠흠거리며 곁에 다가가곤 했다. 깨어있어야 할 때는 그리도 집요하게 찾아오던 잠이, 자야 할 때는 어디로 도망가 숨는지. 잠과 술래잡기하던 두 달 반의 병실 생활은 그렇게 막을 내렸고 아버지는 오랜 잠을 주무시려는 듯 내가 알지 못하는 세상으로 건너가셨다.

생각의 기차는 나를 좀 더 멀리까지 태우고 가더니 서른 무렵의 역에 내려놓는다. 그때도 나는 늘 잠이 부족했다. 한 번도 깨지 않고 푹 잠들었다가 눈 뜨면 아침이 와 있는, 그런 행복을 꿈꾸던 시절이었다. 시외버스로 장거리 통근하며 녹초가 되어 퇴근해도, 온종일 눈에 아른거리던 아기만 품에 안으면 세상 부러울 게 없었다. 직장에서 겪는 각지고 모난 것들이 집에만 들어서면 동그랗고 부드럽게 바뀌는 마술의 시간이었다. 잠시도 품에서 떼어놓고 싶지 않아 아기를 업은 채 저녁상을 차리며 아이가 알아듣지도 못할 엄마의 하루를 이야기하곤 했다.

아기를 재울 때쯤이면 내 체력도 바닥이 났고 젖병을 물리고 앉아 있다가 꾸벅거리고 졸기 일쑤였다. 졸다가 젖병을 놓치는 바람에 깜짝 놀라 미안한 표정으로 웃으면 아기는 영문도 모르고 제 엄마를 따라 방싯거렸다. 매일 밤 아기를 재울 때면 찾아오는 잠은 도깨비바늘처럼 달라붙어서 떨어지려고 하질 않았다. 지금처럼 애타게 부를 때 오면 귀한 대접을 받을 텐데. 인생에서 타이밍이 얼마나 중요하다는 걸 모르는지.

바깥은 이미 희붐한 새벽인데 기차는 지칠 줄 모르고 달리더니 싱그러운 향내가 진동하는 여고 시절 역에 멈춘다. 꽃밭에 무리

지어 핀 꽃망울이 내뿜는 향기다. 앞으로 어떤 꽃을 피울지 모르는 꽃봉오리들이 저마다 다른 색 다른 모양으로 바람에 살랑거린다. 나도 저들 중 하나였겠지.

한창 아름다운 꽃망울들은 자기가 무슨 색 꽃인지도 모르고 입시 공부라는 흑백의 시간을 견디고 있었다. 잠을 세 시간 자면 대학에 붙고 네 시간 자면 떨어진다는 '삼당사락'이라는 말이 유령처럼 떠돌았다. 이틀 밤을 새워도 끄딱없는 나이, 2인분을 먹고도 탈이 나지 않는 나이, 뭘 해도 겁 없던 나이였다. 그래도 잠은 이길 수 없는 무서운 상대였다. 만일 그때 내가 잠과 싸워 이겨서 그 시간만큼 공부를 더 했더라면 더 예쁜 꽃을 피웠을까.

스르륵, 남편이 돌아눕는 소리다. 나도 몸을 돌려 눕는다. 그의 등이 눈앞에 있다. 저 안에는 또 얼마나 많은 시간이 담겨 있을까. 내가 아는 시간과 알지 못하는 시간이 겹겹이 들어 있을 것이다. 나는 눈을 뜬 채 시간의 산을 넘어갔다 왔지만, 그는 지금 숙면 속에 그의 과거를 다녀오는 게 아닌지. 숨결이 부드럽고 규칙적인 걸 보니 편안한 시간을 거닐고 있는가 보다.

동이 트면서 기적소리가 환청처럼 아슴푸레 들린다. 더는 데리고 갈 역도 없는지 생각의 기차가 마침내 꼬리를 보인다. 시계는 하루의 경계선을 넘었고 스마트폰 날짜도 하루를 보탠 숫자로 이미 바뀌었다. 이제야 잠이 이불 속을 파고 든다. 진작 올 것이지.

쫓아낼 때는 다가오고 붙들면 도망치는 잠 앞에 나는 여전히 약자다. 자몽한 하루를 견딜 일이 아득하다. 얄밉지만 반갑다. 그리고 고맙다.

우박 녹는 소리에

자루 속 하얀 구슬이 흩어지듯 우박이 구른다. 우당탕 파란빛 뇌우(雷雨)가 몰아친다. 놀란 대지가 입을 벌리고, 겨울을 견디던 초록들도 긴장한다. 보름달의 넉넉하던 미소는 어느새 흔적도 없고 하늘은 어둠 속에 금니를 번쩍이며 연신 으르렁댄다. 생에 대한 불만인가. 삶에 대한 불안인가. '우박들은 춤춘다'는 노래처럼 경쾌한 소리로 듣지 못하고 쏘는 아픔으로 느낀다면 그건 보는 이의 마음을 투영해서인지 모른다. 낮이 머물다 간 대지의 온기가 하얗게 식는 밤. 갈 곳 잃고 방황하다가 종국엔 흙 속으로 녹아들고 마는 우박 소리에 왜 이리 내 마음이 젖는지.

고국 방문 중에 어렵게 만난 그녀는 몇 마디 안부 끝에 마치 남의 이야기하듯 무덤덤하게 말문을 열었다. 몇 년을 같은 직장에서 근무하는 동안 식구보다 더 많은 시간을 함께하며 마음을 나누다가, 서로 전근한 후에는 바람결에 근근이 소식 듣던 친구였다. 체념이라는 단어를 형상화하면 저렇지 않을까 싶은 얼굴이었다. "애들은…" 혼잣말하듯 내가 물었다. 그녀는 물어볼 줄 알았다는 표정으로 한숨 섞인 대답을 내놓았다. 그녀 눈빛이 가늘게 흔들리는 걸 보고 나는 창밖으로 고개를 돌렸다. 우리는 커피가 다 식도록 말없이 오래 앉아 있었다. 침묵하는 시간이 불편하지 않은 사이라는 게 그때만큼 고마운 적이 또 있을까.

밖에는 비가 제법 쏟아지고 있었다. 다행이었다. 카페에 손님이 드나들 때마다 빗소리가 묻어 들어와 우리의 침묵 곁에 머물다 가곤 했다. 우리가 얼마나 많은 세월을 건너뛰고 이 자리에 앉은 것일까. 날씨 때문인지 바깥은 금세 어두워졌다. 가로등 불빛 속으로 빗줄기가 모여드는 게 보였다. 겨우 아물고 있던 상처가 나 때문에 도지면 어쩌나 싶어 비에 젖는 불빛을 내다보는 척하며 나는 가끔씩 그녀 시선을 피했다. 그녀도 굳이 내 눈을 보려고 하지 않았다. 무슨 이야기 도중엔가 "옛날얘기지…" 하며 픽, 웃는 걸 보니 마음이 좀 놓였다. 웃음을 신호 삼아 그녀는 오래전 시간을 꺼내기 시작했다.

음악이 빗소리에 스며들 뿐 카페는 조용했다. 다 지난 이야기라면서 자기 인생을 읽어주는 여자. 제 몸의 얼룩을 보고 커다란 눈을 끔벅이는 순한 소처럼, 지우고 싶던 얼룩진 흔적을 돌아보는지 그녀는 이야기 도중에 그 큰 눈을 천천히 감았다 뜨곤 했다.

한 남자와 여자가 만나 사랑으로 가꾸던 가정이 가뭇없이 흩어져 버렸는데 가슴에 새겨진 상흔이 쉽게 지워지기야 할까. 남편에 대한 원망도 미움도 내려놓은 듯 차분하면서도, 모든 감정이 증발해버린 독백만큼이나 단조롭고 건조한 목소리였다.

눈물 많던 그녀였는데 더는 흘릴 눈물도 소진한 듯 울음소리마저 삼키던 그 날. 세월의 간극 때문인지 그녀와 나의 실체가 만났다기보다는 '그녀가 기억하는 나'와 '내가 기억하는 그녀'가 만나고 있는 느낌이었다. 미화된 기억은 따듯했고 아프게 지나간 장면에도 웃음 머금고 바라보게 만드는 힘이 있었다. 그 기억의 힘에 기대어 결코 평탄할 수 없던 그녀 삶의 행보를 감정의 큰 동요 없이 내보일 수 있던 것이리.

마음을 가다듬어 몰입하여 들었는데도 그녀 이야기가 정말이었나 싶게 비현실적으로 느껴졌다. 문 닫을 시간이 되었는지 종업원이 주변 테이블을 주섬주섬 정리할 때가 되어서야 우리는 일어섰다. 괜찮은지 눈빛으로 묻는 나에게, 그녀는 괜찮다고 소리로 응대하며 가벼운 숨을 내쉬었다. 어쩌면 그 안도의 한숨 한번 내쉬기 위해, 뭉텅이로 잘린 채 지나간 그녀 인생 이야기를 다시 꺼냈는지 모른다. 덮어두었던 옛 기억을 더듬어가며, 아픈 시간을 담담하게 열어보인 그녀가 고마웠다.

잡초와 들꽃처럼, 똑같은 풀꽃 같은 삶이라도 어디에 뿌리 내리느냐에 따라 존재 가치가 달라지는 게 인생 아닌가. 자신을 가두고 있는 울타리를 차례로 넘고 넘어, 자기를 필요로 하는 곳에서 당당한 꽃으로 살아갈 그녀를 그려본다. 잠깐의 만남 끝에 다음을 기약하며 휑한 가슴 안고 돌아선 후 우리는 어쩌다 한번씩 연락하는 게 고작이었다. 언제 만나게 될지 언제 헤어지게 될지 모르고, 좋다고 머물 수도 싫다고 떠날 수도 없는 인연이라는 끈. 그 인연의 끈을 놓지 않은 덕에 그녀를 다시 만날 수 있었다. 쓰러진 사람에게는 왜 넘어졌는지보다는 어떻게 일어설지가 중요하다는 걸 아프게 경험한 나로서는 말없이 손 내밀어 그녀 마음 곁에 머물고 싶을 뿐이었다. 아직 극복해야 할 일들이 있어 보였지만, 눈물로 아파하고 소리 내어 웃을 정도의 여유를 되찾은 그녀는 이미 한 송이 성숙한 꽃이었다.

지축을 흔들던 굉음이 차츰 잦아든다. 차가운 우박을 무섭게 쏟아내다가도 시간이 지나자 평온해지는 광경이 그녀를 불러온 모양이다. 한숨 속에 웃던 그 친구, 지금쯤 마음속 얼음을 녹여 온기를 되찾았으려나. 그녀를 닮은 우박이 세월을 건너와 조용히 한 계절을 닫는다. 빗속에 들려오던 둔탁한 우박 소리가 차츰 경쾌해진다. 더는 얼음알갱이가 아닌 부드러운 빗물 되어 내리는 빗소리가 마치 그녀 목소리 같아 내 마음도 풀리는 것 같다. 스마트폰을 열자 그녀가 활짝 웃고 있다.

눈물이 옹이 되어

봄은 오는가. 세상일에는 아랑곳없이 바람에 온기가 묻어오고 꽃망울은 제법 부풀어 있다. 산책길을 걷고 있는데 길 양옆으로 늘어선 나무가 뭔지 허전했다. 가지치기를 엊그제 했는지 군데군데 잘려나간 자리에 노르스름한 속살이 드러났다. 어른 팔뚝만 한 나뭇가지가 있던 곳에서 내 시선이 멈췄다. 제 몸의 끝부분이 없어진 줄도 모르고, 잘린 단면까지 올라온 수액이 갈 곳을 잃고 한 방울씩 떨어져 내리고 있었다. 나무도 우는구나. 뿌리에서부터 길어 올려 나무를 살리던 생명의 물이었을 터였다. 가지를 베어낸 상처가 아물어야 옹이가 된다는데, 상처가 아물어 스스로 옹이가 되기까지 얼마나 많은 눈물을 흘려야 할까.

어둠 깊숙이 묻혀있던 옹이 하나가 모습을 드러낸다. 시련을 잘 이겨낸 옹이 앞에서는 도끼날도 빗나간다는데, 내 안의 옹이도 이제 그만큼 단단해졌을까. 캐나다에 이민 와서 처음으로 시작한 가게가 비디오 대여점이었다. 사양(斜陽)길에 접어든 직종이라고 만류하는 이들도 있었지만, 뭐라도 해야 하는 상황에서 그나마 밑천이 덜 드는 직종을 택한 거였다. 욕심을 접으니 가벼운 마음으로 시작할 수 있었다.

남편은 그 일에 정말 만족하는 눈치였다. 그동안 영화 볼 시간도 없이 살았는데 실컷 보면서 돈까지 벌면 됐지 무엇을 더 바라겠냐고 했다. 예상보다 단골손님이 늘면서 성수기인 겨울철에는 가게가 비좁을 정도로 북적거렸다. 남편과 나는 코앞으로 다가온 임대 재계약을 앞두고 갈등했다. 3년으로 할지 5년으로 할지. 넉넉하게 연장해 놓으면 마음이 놓일 것 같아 5년 재계약을 했다. 하지만 서명할 때 손끝에 맴돌던 긴장감이 채 사라지기도 전에 그 일이 터지고 말았다.

그날은 겨울인데다 주말이라 유난히 바빴다. 'OPEN' 사인을 끄고 문을 닫으려는데 낯선 흑인 청년 둘이 들어왔다. 시간이 좀 지났다고 야박하게 돌려보낼 수는 없어, 남편은 알람 장치를 해제하고 나는 카운터에서 컴퓨터를 막 켜려는 순간 느닷없이 눈앞에 시커먼 물체가 나타났다. 권총, 이었다. 영화에서나 보던 그 섬뜩한 금속성 물체가 내 심장을 겨누고 있었다. 머리가 하얘진다는 게 이런 거였구나. 시간도 세상도 일시에 숨을 멈춘 듯했다.

나는 권총 앞에서는 무조건 두 손을 들어야 한다는 그 기본적인 수칙마저 잊고 넋놓고 서 있었다.

그때, 그들 바로 뒤에서 알람을 해제한 남편이 권총 든 청년의 손을 힘껏 쳐올렸다. 그렇게 무모한 경우는 처음이었는지 당황하여 허둥대는 사이에 서로 발에 걸리면서 넷이 한꺼번에 엉켜 바닥에 뒹굴었다. 끝까지 총을 놓지 않고 있던 범인은 권총 손잡이로 내 이마를 내리치면서 그 틈에 문을 빠져나갔고 나머지 한 사람도 달아나버렸다. 이 모두가 눈 깜짝할 사이에 일어난 일이었다. 그 와중에도 총성이 울리지 않은 게 기적 같았다.

경찰과 사립 탐정이 오고 가게 주위에 노란색 폴리스라인이 쳐졌다. 경찰은 "당신의 무모한 행동으로 당신 부부가 목숨을 잃을 수도 있었다"며 남편을 무섭게 나무랐다. 몇 년 지난 후에 나는 남편에게 어떻게 그럴 용기를 냈는지 물었다. 그건 용기가 아니라, 가슴에 총을 겨누고 있는 걸 본 순간 어차피 죽는구나 싶어 심장에서 총을 치워야겠다는 생각밖에 없었다고 그는 회상했다.

그 후 나는 어두워지면 그날밤 생각이 나서 집밖에 나가지 못하고 한동안 신경안정제를 먹으며 달래야 했다. 나쁜 일은 한꺼번에 온다는 말은 괜한 소리가 아니었다. 그 무렵, 가게가 있는 동네 아파트에 케이블TV가 설치되면서 거짓말처럼 손님 발길이 뚝 끊겼다. 남편 혼자 빈 가게를 지키는 날이 이어졌다. 재계약한지 얼마 안 됐는데 문을 닫게 되면 남은 4년 치 임대료를 어찌 감당하나.

생각다 못해 매니저를 찾아가는 내 발걸음이 휘청거렸다. 사무실 회전의자에 앉은 그는 나에게 앉으라는 말조차 없었다. 나는 마치 야단맞는 학생처럼 그 앞에 서서 가게 형편을 설명했다. 그는 신문에서 권총 강도 뉴스를 봤다며 건조한 목소리로 유감을 표했다. 총이란 단어만 들어도 몸이 떨리고 눈물이 났다. 이러면 안 되는데 싶어 나는 천장만 바라보고 있었다. 서류를 보던 그가 어떻게 도와주면 좋겠냐고 물었다. 더는 일을 할 수가 없다고, 가게를 접고 싶다고 답했다. 견디기 힘든 침묵 끝에 그가 마침내 입을 열었다. 가게 정리하는 두 달 동안만 임대료를 내고 문을 닫으면 되겠냐는 제안에, 나는 고맙다는 말도 못 한 채 고개만 주억거리고 서 있었다.

어두워지면 습관처럼 외출을 자제하며 권총 트라우마를 극복하기까지 많은 세월이 흘렀고, 내 안에는 작은 옹이 하나가 남았다. 고통을 극복하지 못하면 옹이도 생기지 않는다. 원하든 원치 않든, 몸 속에 크고 작은 옹이를 새기며 나이테를 늘려가는 게 인생인지 모른다. 옹이 하나 없는 순한 운명을 기대했으랴마는, 그것이 고통을 이겨낸 흔적이라면 나름의 가치를 지닐 것이다.

아직도 밤의 두려움에서 완전히 벗어나지는 못했지만, 마디마디 옹이가 박혀있는 나무도 철따라 꽃을 피우고 열매를 맺는다는 걸 떠올리면 위로가 된다. 어둠 속에서 죽은 듯이 추위를 견디던 나무들이 깨어나면서 봄은 시작된다. 살아야겠다는 의지가 응집된 나무옹이의 눈물을 기억하며 나의 인생도 조금씩 성숙해가리라.

새물내를 따라서

무엇인가 발목을 잡는 것 같아 돌아서니 건조대에 널린 티셔츠와 눈빛이 얽힌다. 아무렇게나 마를까 봐 반듯하게 펴서 널었는데 저 하나만 구깃구깃한 채 비딱하게 걸려 있다. 빨래를 털어서 널 때 수건이나 티셔츠는 양손으로 벌려가며 모양을 바로잡아주고 주름이 많이 간 것은 손바닥으로 눌러 펴서 널어도 그렇다. 애써 바꾼 나의 습관이 며칠 느슨해지면 예전으로 돌아가는 것처럼, 빨래도 소용돌이치던 세탁기 세상을 벗어나 느긋해지니 제 성질을 되찾는 것인지.

구김살은 촉촉할 때 손으로 다독거려 두면 굳이 뜨거운 다리미를 들이대지 않아도 잘 펴진다. 사람의 생각이나 버릇도 굳어지기 전에 바로잡아야 하듯이. 일단 마르고 나면 모양새를 바로잡기가 어려워서 빨래를 널 때면 공을 들이게 된다. 한번 쓰윽 다리면 감쪽같이 주름이 펴지는 전기다리미 시대를 살면서 손 다림질을 그리워하는 게 단지 향수(鄕愁) 때문만일까.

빨래를 개는 일은 일상에서 내가 맛볼 수 있는 은밀한 즐거움이다. 옷을 개는 동안 새물내를 맡으며 그들의 이야기를 듣는다. 갓 빨아 입은 옷에서 나는 냄새를 가리키는 예스러운 단어 새물내를 따라, 멀리 있는 그리움이 고개를 든다. 마음속 깊은 곳 어디선가 울려오는 목소리. 나는 넘어진 아이처럼 두리번거리다가 그 목소리가 나는 곳을 물끄러미 바라본다.

세탁기가 없어 마당 수돗가에서 찬물로 빨래하던 시절, 식구가 많으니 이불 홑청과 벗어놓은 빨래가 산더미 같아 한숨부터 나왔다는 나의 엄마에게도 빨래 개는 일이 즐거움이었을까. 고단한 삶에서 잠시 숨 돌리고 앉아 빨래를 개며 엄마는 무슨 생각을 하셨을까. 온갖 집안일에 묻혀 허우적거리다 보면 하루해가 저물더라는 엄마의 시간을 나는 헤아리지 못했다. 결혼하여 내 아이를 키우면서도 그 시대의 주부는 원래 그렇게 사는 게 당연한 줄 알던 마음이 새삼 미안하고 부끄럽다. 그 엄마는 이제 모든 가사에서 물러나, 아침에 일어나야 할 이유마저 잃어버린 채 힘에 겨운 시간을 살고 계신다.

빨랫줄에서 두런거리는 옷이나 이불 홑청 가까이 가면 인간의 모든 욕심과 온갖 감정을 일컫는 오욕칠정(五慾七情)에 얽힌 이야기를 들을 것만 같다. 홑청이 걷는 길은 하얀 색깔처럼 단순하지만은 않다. 빨아 말린 홑청은 풀을 먹여 자근자근 밟고 동네가 떠들썩하게 다듬이질을 해야 이불과 한 몸이 되었다. 밤에는 한옥의 겨울 추위가 얼마나 매웠는지 모른다. 내복 바람으로 이불에 들어가 양말마저 벗어야 하는 게 얼마나 싫었는지. 몸을 잔뜩 옹크린 채 발가락을 꼼질거리면서, 풀기로 버스럭대는 이불과 체온을 나누던 어릴 적 겨울밤은 엄마의 그 보이지 않는 손길 때문인지 추위도 따듯했다.

도시에서는 사라져버린 풍경이지만, 마당이나 옥상에 널린 빨래를 보면 그 집 사람들과 알고 지낸 듯한 친밀감이 든다. 노인이 계신 집이구나, 아기가 있구나, 사무직에 근무하는 아들이 있는가 보구나 하면서. 꽃무늬 옷이 좋다는 할머니와 점잖은 색 옷만 고집하는 할아버지, 노부부의 티격태격하는 소리마저 정겹다. 꼬마 옷과 화사한 원피스 자락이 바람에 하늘거리는 집을 보면 아기와 노는 새댁 웃음소리가 담장을 넘어올 것만 같다. 햇볕과 바람에 춤추는 빨래의 리듬에 맞춰 경중거리는 발걸음이 마음의 먹구름마저 날려버리는 하루가 가볍다.

나는 빨래를 기계에 말리는 것보다 건조대에 널어 햇볕에 말리는 것을 좋아한다. 수건을 기계에 넣어 말리면 늦은 봄날 오후 맥없이 누워 자는 낮잠처럼 보들보들해진다. 허나 그것보다는 햇볕에 말렸을 때 수건이 지닌 빳빳한 성정이 왠지 더 마음에 든다. 내 삶이 그렇지 못해서 날 선 도도함에 끌리는 것인지 몰라도, 아련한 의식을 깨우는 그 거친 듯한 감촉은 싫지 않은 매력이다.

아들이 결혼하기 전에는 세 식구 옷을 널 때마다 마음으로 말을 걸곤 했다. 반듯하게 어깨를 펴서 너는 데는 그만한 이유가 있었으리. 남편 옷을 널 때는 남편한테, 아들 옷을 널 때는 아들한테. 혈기 왕성한 청년이던 아들 옷을 널다가 곁에 놓인 남편 옷이 왠지 후줄근하게 느껴지면 부러 더 큰 소리를 내며 털어서 부풀리던 기억에 코끝이 시큰하다. 우리 부부만 오롯이 남은 지금은 널어놓은 빨래도 엇비슷하게 늙어가니 부풀리고 말고 할 것도 없다. 사는 게 심심하지만, 별일 없이 심심할 수 있어 다행이다.

오늘은 빨래가 전하는 사연을 그저 가만히 듣고 싶다. 세탁기라는 기계에 몸을 맡겨 휘둘리는 동안, 옛 시절에 손빨래하던 주부의 손길이 그리웠는지도 모르겠다. 이제는 아련한 향수(鄕愁)를 불러일으키는 단어가 되어버린 손빨래 끝에 맛보았을, 내 어머니의 성취감도 세월 따라 흩어진 지 오래다. 새물내가 나는 옷을 입히려고 쉴 겨를 없던 어머니의 시간이, 느슨해진 나의 시간 앞을 서성거린다.

어느 청년의 책가방

황토색 가방 하나가 오래전부터 책상에 놓여 있다. 태평양 건너올 때 신줏단지 모시듯 조심스레 들고 온, 시아버지의 젊음을 고스란히 담고 있는 가방이다. 원래는 튼튼한 통가죽이었지만, 칠십 년이 넘다 보니 주인만큼이나 노쇠하여 만지면 바스러질 것만 같다. 오늘은, 건드리기도 겁이 날 정도로 오래된 가방의 아득한 역사 속으로 들어가 보는 날이다.

세월의 소실점 가까이에서 나는 한 청년을 만났다. 알전구 하나뿐인 어둑한 방, 앉은뱅이책상 앞에 앉아 있는 문학청년이 보였다. 그는 우수와 고뇌에 찬 얼굴로 뿌연 담배 연기 속에서 소설을 쓰고 있었다. 한쪽 어깻죽지가 처진 그의 등이 이따금씩 흔들렸다. 세상 모든 고민을 끌어안은 듯한 젊은이의 그림자가 방바닥에 눌어붙은 것처럼 움직일 줄 몰랐다. 재떨이 가득한 담배꽁

초와 방바닥에 흩어져 있는 구겨진 원고지를 보면 마치 기성작가의 방 같았다.

한 여자를 사랑한 이야기를 쓰고 싶었던가. 생각만큼 잘 풀리지 않는지 방안이 담배 연기로 매캐했다. 삶의 소용돌이도 결별의 아픔도 모르던 젊은이가 쓰고 싶은 사랑 이야기란 어떤 내용이었을까. 시대적 상황을 고려하면 은근한 여자의 사랑에 마음 졸이는 남자 이야기가 절정을 이루는 평범한 소설이 아니었을까 싶다. 다가올 운명을 미리 알 수는 없었겠지만, 풍파와 고뇌를 겪은 중년이 지나고서 글 쓸 기회가 주어졌더라면 지금보다는 좀더 깊은 맛이 나는 소설이 됐을 것이다. 단지 쓰고 싶다는 갈망만으로, 숱한 담배꽁초가 쌓일 때쯤 단편소설 분량의 원고가 겨우 완성됐다. 그는 해냈다는 벅찬 희열에 가슴이 터질 것만 같았다. 여자에게 달려가서 보여주고 싶었으나 그럴 용기는 없었다.

때가 되면 신춘문예에 응모할 생각으로 그는 원고를 책가방에 소중하게 보관했다. 대학에 입학했을 때 아버지가 사주신 가방이었다. 자신의 운명이 길모퉁이 저편에서 얼굴을 감추고 가방을 움켜쥐고 있다는 것을 청년은 상상도 못 했을 터였다. 가방이 운명의 손아귀를 벗어나지 못한 채 세월에 풍화되리라는 것을 어찌 짐작할 수 있었을까. 시대의 부름에 응해 입대했고, 군에 복무하면서 한국 전쟁 중에 치른 크고 작은 전투에서 그는 몸을 아끼지 않았다. 부상 당해 전역하기까지 생사를 넘나드는 시간에, 그에게 문학은 사치였다.

결혼하여 사 남매를 키우는 동안, 우여곡절 끝에 집안이 기우는 불운을 겪어야 했다. 텅 빈 호주머니를 파고들던 추위를 몸서리치며 견디던 시간이었다. 고단한 가장으로서의 삶에 일간 신문 이외의 언어가 들어설 자리는 끝내 없었다. 한 치 앞을 내다볼 수 없는 짙은 안갯속 같은 현실은, 신춘문예의 꿈이 어두운 가방 속에 잠들어 있다는 것도 까맣게 잊게 했다. 가슴에 휑한 바람이 드나드는 초로에 이를 무렵, 새 식구를 들였다. 맏며느리였다.

며느리는 한 식구가 된 지 이십여 년 만에 오래 근무하던 교직을 접고 멀고 먼 나라로 이민 가더니 수필가가 됐다고 했다. 문학 청년이던 그는 아흔에 접어들었고, 그의 삶은 흐릿하게나마 종착역이 보이는 듯했다. 멀리 사는 맏아들 부부가 찾아온 날, 반세기가 넘도록 열지 못한 가방을 그는 며느리 손에 쥐여주었다.

"이걸 줄 사람이 없구나. 한번 읽어 보렴, 에미는 글 쓰는 사람이니까." 주는 손끝도 받는 손끝도 가볍게 떨렸다. 가방 속 소설의 여주인공은 이미 돌아오지 못할 강을 건넌 뒤였다. 그날 며느리를 붙들고 그동안 가슴에 품고 살던 짧지 않은 자신의 역사를 풀어놓는 그의 눈가가 촉촉이 젖어 들었던가, 아마 그랬던 것 같다.

한 청년의 푸른 꿈이 들어있던 가방. 그것을 시아버지는 책가방이라 불렀다. 책가방, 요즘은 듣기도 어려운 그 단어가 정겨웠다. 나는 그 가방을 볼 때마다 호기심이 일면서도 막연히 두려웠다. 어느 날 마음 먹고 조심스레 여는데 삭은 끈 하나가 툭, 끊어졌다. 불길한 생각에 손길이 멈췄고 더는 건드리지 못했다. 그 튼튼한 소가죽도 세월 앞에서는 어쩔 수 없는지. 가방 앞을 지날 때면 마음이 붙잡히곤 했으나 결국 시아버지의 소설을 읽지 못한 채, 나는 문학청년이던 그를 영영 잃고 말았다.

돌아가시고 나서, 너무 늦게서야 열어 본 가방에서 두고두고 쏟아져나오던 시아버지의 외로움과 고단함을 읽던 기억. 드나드는 승객도 없는 간이역을 거쳐 폐역이 되어버린 곳에 앉아, 운행을 멈춘 지 오래된 낡은 기차를 바라보는 심정이라고 할까. 지금도 가방을 보면 쓸쓸하다. 자상한 품성의 시아버지와 좀 더 함께하지 못한 시간이 아쉬워서. 문학청년으로서의 그를 진작 만났더라면 싶어서. 그리고, 이승에서 그분을 스쳐 간 지난한 세월이 덧없고 덧없어서.

붉은 가을이고 싶다

가을이 뒷마당까지 들어왔는데 나의 생활은 여전히 을씨년스
러운 초봄을 벗어나지 못한다. 벌써 오래전, 한껏 움츠린 채 맞이
하던 잿빛 풍경 속에 모든 것이 코로나 마법에 걸린 듯 정지되어
있다. 변함없는 생활에서 안정과 편안함을 느끼면서도, 그 변함
없는 시간 때문에 숨이 막히는 것처럼 답답하다. 바쁘고 힘겹다
며 허둥거리던 삶에 끝없는 휴식을 주려고 작정했는지 바이러스
의 무차별 공격은 햇빛 속에 활보하던 인간의 행보를 일순간에
멈추게 했다.

가을 풍경에 둘러싸인 동네에 정적이 감돈다. 평소에도 이웃
사람 발길이 뜸한 동네인데 요즘은 더 그렇다. 가면처럼 마스크
를 쓰고 이웃과도 낯가림하며 동네 길을 에둘러 산책하다가 어느
집 앞에서 문득 발걸음을 멈춘다. 가을은 멈춤의 계절이고 소소

한 것을 마음에 담게 만드는 계절. 나는 그 집 앞마당에서 붉게 타는 단풍나무를 바라보고 있다. 색깔로 보나 모양으로 보나 흔한 캐나다 단풍은 아니다. 아기의 다섯 손가락 모양을 닮은 빨간 이파리가 고향의 단풍나무를 그대로 뿌리째 옮겨다 심은 것만 같다.

고국을 떠난 지 오래된 나는 선홍빛 단풍과는 다른 세계에 살고 있는 줄 알았는데, 살갑게 반기며 다가오는 붉은 웃음에 내 마음에도 혈색이 돈다. 사라져버린 줄 알던 감정들도 기억 속에 자리 잡은 대상을 만나면 생명을 되찾는가 보다. 사라진 게 아니라 냉동되었던 것처럼.

일상과 휴가의 경계가 지워지면서, 시간도 길을 잃은 듯 방황한다. 드러나지는 않아도 삶의 샛길과 곁길과 두름길에서 얻던 활기와 재미와 변화는 모두 어디로 갔는가. 유예된 시간 속에 마냥 길어지는 휴지(休止)로 인해 권태와 불안이 일상에 스며들지 않도록 마음을 다잡는다. 아무리 원하던 휴가나 휴식도 한시적이고 끝이 보일 때 단맛이 나고 소중한 것이다. 영원이라는 형벌의 괴로움을 알리던 시시포스의 신화를 떠올린다. 내일도 모레도 오늘과 다르지 않으리라는 두려움 때문인가.

성큼 다가올 겨울이 하얗게 얼굴을 들여 밀 때쯤이면 바이러스의 낯익은 표정에 담담해질까. 시시포스의 신화처럼, 어제 밀어

올렸던 똑같은 돌을 매일같이 산 정상까지 올리는 일도 익숙해져서 괜찮다면 그것도 살아가는 방법의 하나다. 하지만 그런 삶을 벗어나고 싶어 못 견디겠다면 어떻게 해야 할지 생각해볼 일 아닌가.

결국 '어떻게'라는 방법에 이른다. 바윗덩어리와 이야기를 하며 밀어 올리든지, 노래를 하며 밀든지, 욕을 하고 소리 지르며 올라가든지, 춤을 추며 끌어올리든지. 어차피 되풀이될 일이라면 삶의 방법을 달리하여 변화를 줌으로써 권태와 불안과 두려움에서 벗어날 수도 있다는 얘기다. 혼자서도 오랫동안 즐길 수 있는 일을 찾아 육체노동과 정신노동과 휴식을 조율하는 것도 좋겠다. 비록 이 길고도 암울한 시간이 내가 택한 것이 아니라 해도, 강제로 주어지는 그 시간에 무엇을 할지 결정하는 건 나 자신의 선택에 달려 있다.

억지로나마 생활을 단도리하던 끈이 조금 헐거워진 틈을 타 바이러스가 공격 수위를 높이고 있다. 숨 돌리며 한시름 놓기가 무섭게 인간의 발이 다시 묶이고, 허공을 휘젓는 손길은 잡을 곳 없어 방황하며, 불안한 마음은 요동친다. 바람에 바싹 말라 서걱거리는 낙엽을 닮은 내 삶도 가을 문턱에서 마른 소리를 낸다.

꽃이 아름다운 것은 머지않아 시든다는 걸 알기 때문이고 노을에 마음을 빼앗기는 것 또한 금세 스러진다는 걸 알기 때문이다.

인생이 소중한 이유도 유한하기 때문 아닐까. 영원히 계속되는 것은 없다. 그 무상함에서 존재의 가치와 현재의 소중함을 배우며 오늘을 산다. 내일은 오늘과는 또 다른 오늘이 있을 뿐이다. 앞으로 언제까지 계속될지 모르는 '이상한 휴가' 동안, 이 상황에 맞는 일을 찾아보리라 다짐한다.

어려운 시기에는 비록 헛된 다짐이라도 있어야 견딜 수 있다. 누군가의 시린 손을 덥히려면 내 손 먼저 따스해야 한다며 제 몸을 붉게 물들인 단풍나무. 그 따뜻한 색만으로도 굳었던 마음이 풀리듯이, 온 세상이 앓고 있어도 희망의 끈을 놓지 않는다면 빛은 보일 것이다. 그렇게 암흑의 터널도 끝을 보이리라. 하지만 과연 인간이 언제까지 마냥 긍정적일 수 있을까.

어쨌거나 가을은 가을. 정신력이 약하면 유리처럼 부서지기 쉬운 시기다. 나무와 교감하던 초록이 얼마 전까지의 네 모습이었다고, 바닥에 뒹구는 낙엽에서 그때의 그 뜨거웠던 시간을 찾아서 읽어보라고 나에게 이른다. 나는 열정이라는 이름보다 더 뜨거운 단어를 알지 못한다. 이것을 붙잡고 시간을 견뎌보리라. 모든 것이 익어가고 저마다 결실을 거두는 가을. 복잡한 감정을 홀홀 털어버리고 단순하게 익어가는 붉은 가을이고 싶다.

3

그리움이
한 그릇

그리움이 한 그릇

때로 음식은 기억을 불러온다. 음식 맛에 배어있는 정서가 시간으로 발효되면 추억이 된다. 특정한 맛이 그립다는 건 음식을 먹으며 누군가와 함께하던 시간이 그립다는 것인지도 모른다. 그건 음식을 통해 사랑하고 사랑받던 기억을 되살려, 일상에서의 허기와 갈증을 달래고 싶다는 의미가 아닐까. 몸이 아프거나 입맛이 돌지 않을 때는 옛날에 먹던 대단하지도 않은 음식이, 타향에서는 그저 멀리 있는 그리움일 뿐인 한국 음식이 눈에 아른거린다.

엄마 손맛이 밴 투박하면서도 구수한 우거지 나물이나 아버지와 함께 먹던 복맑은탕의 담백하고도 배틀한 맛이 어렴풋이 살아난다. 강화는 내가 아주 어릴 때 떠난 곳이지만 친정 부모님의 고향이어서 이런저런 이유로 자주 가게 되었고, 돌아오는 길에는 습관처럼 복집에 들렀다. 미식가인 아버지는 복어를 무척 좋아하셨다. 아버지는 복어 중에서도 늘 황복을 찾았고 우리 식구 입맛도 자연스레 거기에 길들었다. 우리는 매운 것을 잘 먹지 못해 매운탕보다는 '지리'라고 부르는 맑은탕을 좋아했다.

그날도 성묘를 마치고 조금 쌀쌀한 날씨에 어부의 집에 갔다. 황복도 해거리를 한다니 해마다 풍족하지는 않은 모양이었다. 일반 물고기회와는 달리 복회는 정말 얇게 회를 떴다. 마치 하얀 한지를 물에 적셔서 접시에 붙여 놓은 듯했다. 그래도 식감은 여간 쫄깃하지 않아 한참을 오물거려야 깊은 맛이 느껴졌다. 강화 앞바다에서 잡히는 황복을 최고로 치는 주인아저씨는 자기 일에 만족하며 살아서인지 깊은 주름 사이로 늘 넉넉한 웃음이 드나들었다.

깻잎을 더 달라고 주방을 기웃거리다가 검은 등에 배가 노르끼리하고 통통한 황복과 마주쳤다. 저 볼록한 배의 내장에 쌓인 독성이 청산가리의 열 배가 넘는다니, 복어는 무엇 때문에 몸속 깊은 곳에 그런 맹독을 품어야 했을까. 부화할 때까지 포식자로부터 알을 보호하려는 모성의 간절한 발원이 그리 강한 독성을 일으켰을까.

아저씨 말에 의하면, 복어도 연어처럼 회귀하는데 물길을 막는 둑 때문에 점점 자취를 감춘다고 했다. 흐름을 막으면 복어는 되돌아올 수 없다는 거였다. 자연은 흐름이 생명인데 그 흐름이 막히면, 아버지와 나 사이의 시간과 공간을 이어주던 맛에 얽힌 추억마저 사라지는 게 아닐까. 그때는 하지 못한 생각을 이제야 하는 건 지나가버린 그때를 불러보고 싶어서이리라.

언젠가 내가 몸살기가 있어 입맛을 잃고 누워 있을 때였다. 아버지가 복집에 가자며 우리 집에 오셨다. 그거 한 그릇이면 거뜬히 일어날 거라며 앞장서는 아버지를 마지못해 따라나섰다. 가끔 가던 곳이었다. 복집에 들어갈 때와는 달리, 황복의 통통한 살점을 겨자 초장에 찍어 먹을 때의 그 녹는 듯 부드러운 맛에 나는 내가 아프다는 것도 잊어버렸다. 몸이 후끈해지는 걸 느끼며 콩나물과 미나리 맛이 배어있는 뜨끈한 국물을 한 방울도 남기지 않고 다 먹었다. 앓던 자리를 훌훌 털고 일어날 거라는 건 괜한 말이 아니었다. 내가 다 먹을 때까지 말없이 나를 바라보시던 아버지 눈빛이 세월이 이만큼 지나도 흐려지지 않고 내 안에 머문다. 내 기억 속의 복맑은탕은 언제까지고 따뜻하리라.

대구 맑은탕을 올려놓은 식탁이 외로워 보인다. 아버지와 같이 먹던 복지리 생각을 하며 내가 끓인 것이다. 한 숟가락 뜰 때마다 말간 국물 위에 아버지와 내 모습이 아롱거린다. 조용한 시간이 목울대를 타고 넘어가며 차츰 기억 속의 음식이 나를 따뜻하게 한다. 그날 내가 먹은 것은 복지리가 아니라 아버지의 사랑이었음을. 그 조용한 사랑이 때로 얼마나 그립고 보고 싶은지.

친정 가까이 살던 나는 퇴근하면 저녁을 친정에서 먹을 때가 많았다. 저녁을 먹고 아버지와 나는 약속이나 한 것처럼 집을 나서서 바람도 쐴 겸 드라이브를 했다. 그래봐야 한 시간 남짓한 동안이었지만 얼마나 깊은 마음을 나눴던가. 그런데 어느 날부터인가 나는 옆자리를 비운 채 혼자 운전하고 있었다. 세상은 무슨 일이 있었냐는 듯 태연스레 계속되고 그분께 듣고 싶은 이야기는 많기만 한데, 아버지 모습은 세상 어디에도 보이지 않았다.

"어디를 가든 맛있는 걸 먹으면 생각나는 사람이 있습니다. 당신입니다. 그게 사랑이라는 걸 당신이 떠난 뒤에야 나는 알았습니다. 그런데, 지나간 사랑이 어찌 이리도 오래 아픈지요."

원하는 것을 찾아 다른 곳을 두리번거릴 때 그것은 이미 내 곁에 있고, 생각나는 사람을 그리워할 때 그 사람은 이미 내 마음에 들어와 있다. 보고 싶다는 건 함께하던 시간을 기억하는 것이고, 그리움이라는 기억의 문을 여는 일이다. 가까이 있는 것을 멀리서 찾던 시간이 옛친구처럼 곁에 머무는 인생의 저녁녘, 노을빛이 마냥 고울 수만은 없는지.

책갈피에서 나온 시간

책장이 비좁은지, 서 있는 책과 그 앞에 누운 책들의 조용한 아우성이 들리는 듯하다. 이곳 터줏대감인 오래된 책들은 뒤편으로 물러나 질서정연하게 꽂혀 있는데 그 자태가 자못 의젓하다. 책들 사이에도 서열이 있는가. 새 책들은 어찌 된 일인지 그들과 어깨를 겯지 못하고, 발치에 옴츠리고 누워있다. 서 있는 것 중에 한 권을 뽑아 든다. 찬찬히 시간 들여 다시 읽겠다고 벼르던 책이다.

누렇게 바랜 시간에서 스며나오는 묵은 냄새가 정겹다. 책을 품에 안고 깊은숨 몇 번 들이쉬자 종이 냄새에 마음이 평온해진다. 책을 펼치는 순간 툭, 소리를 내며 책갈피에 들어있던 것이 발등으로 떨어져 내린다. 깊은 인상을 남기고 지나간 시간의 흔적이라는 걸 첫눈에 알아보겠다. 광채는 날아가고 순간의 추억만

탑재된 과거 한 조각. 나는 허리 굽혀 조심스레 사진을 집어 올린다. 이게 언제 사진인데, 어떻게 이 책에 들어가게 되었을까.

얇은 긴 바지에 반소매 차림이니 초여름인 것 같다. 3층짜리 교사를 배경으로 그 앞 화단에 둘러선 나무에 초록이 짙어지기 직전이다. 세 여자가 뻣뻣한 차렷 자세로 수줍게 서 있다. 나를 가운데 세우고 양쪽에서 호위하는 듯한 그들은 내 인생 최초의 선배로 기억되는 H와 K다. 나에게 이런 시절이 있었구나. 어색하면서도 은근한 미소가 싱그럽다. 햇빛에 찡그린 콧잔등 주름이, 잊고 지내던 시간을 오늘인 듯 생생하게 눈앞에 데려다 놓는다.

지금은 같이 늙어가지만 서른도 안 된 그때로서는 다섯 살 차이가 모든 면에서 엄청난 선배로 보이게 했다. 두 선배가 비슷한 시기에 연년생 둘째를 가진 임산부였는데 직장 생활뿐 아니라 가정 살림에도 웬만큼 이력이 났을 때여서 더 그랬던 것 같다. 대여섯 명씩 교무실 책상에 둘러앉아 도시락을 먹는 점심시간에는 이야기가 밥보다 우선이었다. 단골 메뉴인 맞벌이 부부의 애환과 시집살이 하소연이 이어지다가 찬거리 만드는 법으로 화제가 넘어가곤 했다. 반찬 냄새가 진동하던 기억을 따라가면 그들의 젊은 목소리를 다시 듣게 될까. 언제까지라도 그 자리에 머물고 있을 것만 같은 그들. 이제는 손주를 몇 명씩 둔 할머니가 되었는데도 사진 속 시간만은 늙지 않고 저리 싱싱하다.

나는 책과 사진을 든 채로 생각에 빠져든다. 책갈피 바깥세상
에서는 그동안 세월이 얼마나 흘렀는지도 모르고 여전히 웃고 있
는 세 여자. 순간에서 영원을 살고 있는 웃음이 저러할까. 사진을
보면 평생 웃고만 살았을 것 같은 저들의 삶이 아득한 과거에서
차례로 걸어 나온다. 인생이라는 울퉁불퉁한 산길을 걷고 굽이치
는 강물을 건너 이제는 노경에 이른 여자들이다. 다른 학교로 전
근하고 나서는 자주 만나지 못했어도, 그들과 머물던 기억의 공
간에 들어서면 잠들었던 시간이 깨어나면서 오랜 세월의 간극이
메워지는 느낌이 든다.

이국에 한쪽 발을 걸치고 사는 나나 고국에 몸을 부리고 사는
그들이나 어찌 그리 무덤덤한지. 잊을 만하면 한 번씩 스마트폰
으로 소식이나 듣는 게 고작이지만, 우리끼리 공유하는 옛 경험
을 이야기할 때면 빛바랜 시간이 어느새 웃으며 다가와 앉는다.
어제 오늘 그랬듯이 내일도 또 내일도 사진 속 여자들은 웃고 있
을 것이다. 웃는 순간을 절묘한 각도로 잘 포착한 사진도 흔흔한
표정이다. 그만하면 다들 무던하게 살았다 싶은데도 때로 무너지
고 때로 흔들리던 여자 셋의 행로를, 이제는 과거 시제로 말할 수
있어 다행이다.

나는 사진을 책갈피에 도로 집어넣으며 잠시 망설인다. 언제

이 책을 다시 펴 볼 수 있을까 하면서도 굳이 앨범이 아닌 책 속에 사진을 갈무리하려는 마음이 무엇인지, 나도 알지 못한다. 그저 이 사진도 책 속에 살을 비비며 머물던 시간을 그리워하지 않을까 싶다. 어쩌면 오랜 책 친구들 사이에서 친근한 냄새 맡는 것이 좋아서 마냥 웃는지도 모르겠다. 그 웃음을 나도 닮았으면 하며 읽으려던 책 속으로 들어간다.

시간을 기억으로 환치한, 프루스트의 〈잃어버린 시간을 찾아서〉이다. 뒤늦게라도 나의 잃어버린 시간을 돌아보고 싶은 것일까. 달차근한 마들렌과 쌉쌀한 홍차 향으로 방대한 기억의 문을 열던 프루스트. 하지만 나의 기억은 점심시간이면 도시락 반찬 냄새가 뒤섞여 떠돌던 공간에 머물고 있으리라. 내 젊음의 대부분을 보낸 교실과 교무실이라는 공간에 발을 들여놓아야 비로소, 푸른 추억이 응축된 시간을 만날 수 있을지 모른다. 그곳에 얽혀 있는 기나긴 이야기를 우연히 발견한 사진 한 장에서 꺼내 읽는다.

그저 조금 다른 공간일 뿐인데

　조용히 낡아가는 자그마한 마을에 와 있다. 백 년도 더 된 마을
이니 당시로는 삼거리 근처가 가장 번화한 곳이었을 터. 집에서
이곳까지 거리가 그리 멀지 않은데도 그 공간에 백 년이라는 세
월이 잠들어 있는가. 큰길을 따라 붉은 벽돌 삼층 건물이 양편으
로 줄지어 서 있다. 삼거리가 교차하는 중앙에 동상이 하나 있고
그 밑에 화분 몇 개가 동그랗게 놓여있다. 초창기 마을 설립에 공
헌했거나 외세로부터 마을을 지킨 위인의 동상 같다. 따듯한 햇
살이 동상 머리에 잠시 머문다. 청동색 동상인데 머리가 하얗다.
비둘기 똥이 쌓여 만들어진 색깔이지만 내 눈에는 세월이 지쳐
하얗게 내려앉은 것처럼 보인다.

　조금 더 걷다 보니 공원이고 공원 한쪽 끝에 도서관이 있다.
반가우면서도, 데면데면하게 지내는 남의 집에 들른 심정이다.

나무 계단을 오를 때 삐거덕거리는 소리가 건물 나이와 조화를 이루는 것 같아 자연스럽게 들린다. 얼마나 많은 발길이 이 계단을 오르내리고 얼마나 많은 손길이 서가를 드나들었을까. 가지런히 꽂힌 책 제목을 건성으로 보고 지나친다. 한국어 제목이었더라면…. 이민 온 지 이십 년이 되도록 이 땅에서 내가 사용하는 언어는 여전히 모국어에 머물고 그나마 알고 있던 영어도 뒷걸음친다. 어색하게 웃는 세월이 맞은편 유리창 속에 어린다. 얼마큼 살아야 저 어색함을 벗을 수 있을까.

그 공간이 주는 아늑한 기운을 느끼며 푹신한 소파가 놓인 창가 쪽으로 걸음을 옮긴다. 노인들이 돋보기 너머로 책이나 신문을 읽고 있다. 하루가 멀다고 변화하는 세상 이야기가 그들에게 어떻게 가 닿을지 문득 궁금하다. 노인들이 평화롭게 책도 읽고 담소하는 도서관 분위기 때문인지 노을빛으로 물들기 시작하는 내 인생의 다음 장면도 평화로울 것만 같다. 여행 기분을 내고 싶어 어디랄 것도 없이 나선 길. 지나는 길목마다 익숙하면서도 낯설고 낯설면서도 익숙하다. 나는 그 낯섦과 익숙함 사이에 머물 때 삶의 에너지가 솟구치는 느낌을 받는다.

하룻밤이라도 자고 갈 수 있으면 좋을 텐데. 코로나19 팬더믹 상황에서 그건 허상일 뿐이다. 여행이란 길에서 만나는 삶의 이야기다. 어찌 보면 여행은 생소한 세계에서 나만의 시각으로 삶의 풍경을 재해석하는 과정이기도 하다. 새로 시작하는 리셋(res et) 버튼이 인생에도 하나쯤 있으면 싶을 때, 나는 여행지에서 하루하루 미지의 공간과 시간이 내 곁을 휙휙 스쳐 가는 상상을 한다. 그렇게 위로와 용기를 얻고 새로운 아침을 기다리는 것인지.

소소한 것들의 소중함을 맛보고 햇빛과 바람에 씻긴 마음이 되어 집에 돌아가는 일, 그게 내 방식의 여행이다. 아니, 여행 자체보다는 여행하는 내 모습이 보고 싶어서가 아닐까. 다른 색깔의 바람을 쐬며 생각과 감정의 찌꺼기를 털어버린 본연의 나, 그러니까 나다운 나를 만나고, 길모퉁이에서 기다리는 뜻밖의 만남을 기뻐하는 내 모습을 보고 싶은지도 모른다.

익숙한 공간을 벗어나 잠시 익명으로 존재하는 것도 여행의 매력이다. 집에 있을 때보다 자유분방해진다고 할까, 변화를 꿈꾼다고 할까. 달라진 내 모습이 마음에 들어도 안 들어도 거기에 남겨두고 오면 그만이다. 살다 보면 내 의지로 통제할 수 없는 일들도 일어난다. 억지를 부려 상황을 수습하기보다는 어디로든 공간을 옮겨, 불어오는 바람에서 잠시 벗어나 보는 방법도 나쁘지 않다. 집에 돌아갈 때쯤에는 어떤 식으로든 가벼워져 있을 테니까. 공간을 이동하는 것은 차원을 달리하는 것만큼이나 신선한 일이다.

저만치에 호텔이 보인다. 하룻밤 묵고 싶은 충동을 누른다. 익숙하고 편안한 내 집 침대를 놔두고 나는 왜 호텔 방이라는 공간을 좋아하는 것일까. 내가 일탈하고 싶을 때 아무 저항 없이 받아주는 공간이라는 생각에 그럴까. 타인이 머물던 흔적을 말끔히 지운 냄새, 조금 독하다 싶은 세제와 방향제가 뒤섞인 냄새의 공격을 받아도 그러려니 하는 곳. 백색 시트에 누워 있으면 몸도 마음도 하얗게 정화되어 흰색 바탕에 무엇인가를 새로 시작하고픈 열망이 싹튼다.

호텔 방은 상상의 문을 조금만 열면 온갖 은밀한 이야기를 들을 수 있는 공간이기도 하다. 이 방을 거쳐 간 수많은 사람이 남기고 간 체취와 소리와 저마다의 사연이 벽 깊숙이 스며들어 있을 것 같다. 그 흔적들을 감쪽같이 지우고 마치 아무도 눕지 않았던 새 침대처럼 변신하는 게 호텔 방의 의무이기도 하다. 내가 머물던 냄새와 흔적조차 사라진 공간의 원형이 보장되는 곳. 순백의 공간 속에 지내는 며칠은, '새로고침'한 마음으로 너무 가깝지도 멀지도 않은 거리에서 세상이 들려주는 이야기를 듣게 한다.

인간은 잠시 '누군가의 누구'로 존재하다가 홀연히 떠나는 생명체다. 혼자서는 살 수 없어, 거미줄처럼 얽힌 인연을 즐거워하고 괴로워하면서도 끊어내지는 못하는 존재. 상상 속의 나는 생소한 도시의 이방인이 되어 호텔 방 빈 벽을 응시한다. 적당한 피로감이 몰려오며 이완된다. 침대에 누운 채 식지 않은 과거 시간을 꺼내어 읽다가, 복잡하게 얽혔던 것들이 나도 모르는 사이에 헐거워졌다는 걸 알아차린다. 태양이 무거운 나그네 옷을 벗겼듯이 내게는 여행이 그 역할을 한다. 집으로 돌아가는 길, 세상을 보는 마음이 한가하다. 그저 조금 다른 공간에서 바라보았을 뿐인데.

멀리 가지 않아도 특별하지 않아도

맥주병 마개 따는 소리가 경쾌하다. 나는 술을 거의 마시지 못하지만, 혼자 있을 때 맥주 몇 모금 마시는 정도는 좋아한다. 잔 가장자리에 입술이 닿을 때쯤 기포가 터지면서 얼굴에 느껴지는 이슬 같은 촉촉함과 쌉싸래한 향이 좋다. 어쩌면 맥주와 함께하는 그 '잠깐 멈춤'의 시간이 좋은지도 모르겠다. 거품 사이로 차가운 액체가 목으로 넘어갈 때의 느낌은 설명하기 어려운 희열이다.

조용히 맥주 한 모금 들이켤 때의 차갑고도 따스한 행복감, 부드러운 만족감, 그 모든 느낌을 합하여 한 단어로 표현할 수 있을까. 세계에서 가장 행복한 국민이라는 덴마크인이 누리는 행복의 비결은 휘게 문화라고 한다. 휘게(Hygge)는 일상에서의 작은 즐거움, 또는 소박하면서도 여유로운 삶의 방식을 말하는 덴마크어다.

조급함이나 소란스러움과는 거리를 두는, 정적(靜的)이고 자연친화적이면서도 인간 냄새나는 단어라 할까. 멀리 가지 않아도 특별하지 않아도, 평범한 일상에서 얼마든지 행복을 맛볼 수 있다는 의미 같다. 휘게, 하고 발음하면 커피나 맥주 한 잔 앞에 놓고 담소하며 공감대를 이루는 분위기가 먼저 그려진다. 다사로운 공간이 주는 영향력을 생각지 않을 수 없다. 충격에 가까운 큰 기쁨은 잠시 머물 뿐이지만 작은 데서 맛보는 여운이 오히려 오래 가더라는 기억 때문인지, 행복은 일상 속에 있다는 말이 설득력 있게 다가온다. 오래전 그때를 생각하면, 그들 부부의 따스함과 여유로움이 문득 그리워진다.

완만한 언덕 숲길을 오 분쯤 걸어오르면 나무로 지은 게스트하우스가 있고 그만큼 더 올라가면 붉은 벽돌집이 보였다. 내가 룸메이트와 같이 그곳에 갔을 때는 한겨울, 눈 덮인 언덕에 나무마다 눈꽃이 피어있었다. 투박한 나무문을 열면 풍경 소리가 울리면서 빵 굽는 냄새가 성큼 달려 나왔다. 벽난로에서 타오르는 불꽃을 보기만 해도 얼었던 몸이 풀리고 마음마저 훈훈했다.

은퇴한 노부부가 사는 집이었다. 그들은 여행객에게 식사를 챙겨주고 게스트하우스 빌려주는 일을 했다. 식사는 대개 할머니가 준비했는데 오븐에 구운 허브향이 배어있는 닭고기는 번번이 입맛을 사로잡았다. 자작나무 타는 소리를 배경으로 포크와 나이프

소리가 간간이 섞여드는 가운데 조용한 대화가 이어지던 시간이 잊히지 않았다. 그곳을 떠난 뒤에도 가끔 그들과의 식사 장면을 떠올릴 때면, 와인이나 맥주잔을 기울이던 식탁 풍경이 조용히 다가오며 그때의 감정에 젖어 들곤 했다.

두 분이 사별과 이별이라는 아픔을 겪은 노경에 이르러 각각 여행을 떠났다가 호주 시드니의 오페라하우스 연주회에서 만나 인연을 맺은 부부였다. 떠날 때는 혼자였지만 미국으로 돌아올 때는 함께였다며 할머니 어깨에 손을 얹고 있던 할아버지가 한쪽 눈을 찡긋했다. 벽난로 잉걸불 위에 장작 몇 개 더 집어넣더니 어느새 밖에 나가 눈 치우는 남편의 뒷모습을, 부엌 창문 너머로 내다보는 할머니 눈빛이 아련했다. 한 달 남짓 그들과 생활하던 아늑한 공간이 먼 기억 속의 시간에 저장되었다가 되살아나면 휘게라는 단어가 묻어 올라왔다.

우리 부부는 가끔 동네 카페에 간다. 그곳에 가면 커피를 마시며 소소한 이야기를 나누거나 각자 스마트폰 세상으로 들어가 자신만의 시간을 즐길 수 있다. 집에서는 거의 말없이 지내면서도 카페 분위기 덕인지 이런저런 대화를 나누게 된다. 잔잔한 음악이 흐르고 구운 빵 냄새와 커피 향이 감도는 공간의 선물이라고 할까. 혼자일 때에는 책을 읽거나 글을 쓰기도 하는데, 은은한 조명 아래 앉아있는 것만으로도 사색의 길이 열리면서 시간이 훌쩍 지나곤 한다.

지금 같은 팬데믹 사태에서는 이 모두가 멀어진 꿈이지만 눈 내리는 날이나 비가 오는 날엔, 자연에서보다는 카페에서 이야기 나누는 시간을 나는 좋아한다. 함께하는 공간은 시간만큼이나 중요한 역할을 한다. 코끝을 자극하는 강한 커피 향을 머금은 블랙 커피나 부드러운 카푸치노 거품이 스산한 기분을 달래주리라는 기대 때문일까.

'공간이 사람을 움직이고 마음을 지배한다'는 어느 공간 심리학자의 말처럼, 같은 이야기도 어떤 공간에서 누구와 나누느냐에 따라 달라진다. 커피 한 잔에 햇볕을 담은 아늑한 공간에서 그녀 또는 그와 담소하는 시간이 휘게라는 단어와 함께 언제라도 내 삶에 들어오도록 문을 열어둔다. 조용하게 교감하며 하나가 되는 그 맛이 좋아서. 마음이 촉촉해지고 굳었던 감성도 낫낫하게 풀리는 느낌이 좋아서 나는 내 마음의 문이 열려있는지 돌아보는 것이리라. 그 작은 행복을 다시 누릴 수 있는 날을 기다린다.

눈뜸

휴식은 몸과 마음을 회복시키는 청량제라고 하면 진부한가. 몸이 주저앉고 마음이 흩어지는 절박한 상황이 아니더라도, 숨 고르는 작은 여유로 얻는 효과는 놀랍다. 그러나 강요된 휴식이라면 문제가 다를 수 있다. 순조롭게 자라며 한창 아름다운 꽃망울을 맺을 시기에 삶의 방향이 엉뚱하게 틀어져서, 출구가 보이지 않는 미로를 헤매던 때였다.

50여 년 전만 해도 쉽게 낫지 않는 병이었는지 일 년 가까이 만성신우염을 앓던 딸을 위해 엄마는 의학과 종교와 미신을 가리지 않고 모든 것에 기대어 희망의 끈을 찾으려고 안간힘을 썼다. 그것은 중학교 소녀에게 상처를 주는 동시에 깊고도 짙은 그늘을 내렸다. 갑작스러운 변화로 일종의 정신적 성장통을 겪는 과정은 평범하던 소녀를 필요 이상으로 철들게 했다.

의사로부터 염분제한 치료법을 들었을 때, 겁이 나고 불안하면서도 그게 정확히 어떤 고통일지 짐작하지 못했다. 식구들은 언제부턴가 아무리 맛있는 음식을 먹으면서도 누구도 맛있다는 말을 입에 올리지 않았다. 저쪽 밥상의 울긋불긋한 반찬을 건너다보면, 색칠하기 전의 밑그림처럼 양념이나 간이 되지 않은 허연색 반찬만 놓인 나의 독상이 더 초라해 보였다. 냄새도 그랬다. 간간한 냄새와 밍밍한 냄새가 한 지붕 아래 어깨를 겨누고 있다는 건 차라리 비극이었다. 음식 간이 줄어든 만큼 소녀는 말도 줄었고 친구도 줄었고 웃음도 줄었다.

운동도 제한되었다. 나는 그 당시 이미 어른 키만큼 커서 농구선수로 발탁되어 엄격한 훈련을 받고 있었다. 운동을 갑자기 멈춰버린 신체리듬에 몸을 가두는 일은 음식조절 못지않게 힘들었다. 학교에 못 가는 날이 늘어나면서 생동감을 잃고 혼자 맞이하는 세계는 외롭고 두려웠다. 새장에 갇힌 새처럼 건넌방에 앉아 마당의 화초밭을 내다보는 일이 일상이 될 무렵, 각기 다른 빛깔로 내려앉는 햇살은 무료하던 소녀에게 세상 보는 눈을 새롭게 했다. 문제는 열려가는 감각과 감정을 공유할 상대가 없다는 외로움이었다. 물음표와 느낌표로 출렁거려야 할 사춘기가 쉼표와 말줄임표로 가득했다.

밥 먹듯 하는 결석으로 친구들은 나만 남겨둔 채 다른 세계로 건너갔다. 선생님들은 거의 모든 활동에서 나를 제외시켰고 나는 점점 더 혼자여야 했다. 마음을 나눌 친구가 절실했던 나는 조용한 정도를 넘어 말이 없는 아이가 되어갔다. 하지만 시간은 인간을 어떤 상황에도 길들이듯이, 아픔을 홀로 견디는 일이 나를 조금씩 성숙한 세계로 이끌었다. 그때부터 나는 나 자신을 둘러싼 삶의 순간순간을 일기장에 기록하기 시작했고, 그것은 곧 내 친구가 되고 생명줄이 되어, 늪에 빠져있던 나를 구제했다.

까마득히 잊고 지내던 중학교 때 기억을 깨운 건 안톤 체호프의 소설 〈입맞춤〉이었다. 주인공이 특별한 경험을 하고도 그 강렬한 감정을 공유할 사람이 없어 외로워하는 장면에서, 나는 숨이 멎는 것만 같았다. 아슴푸레하던 내 소녀 시절의 기억이 찾아온 거였다. 그 기억은 마음의 문을 열어젖히고 그때로 달려가게 만들었다. 다행히도 이미 굳은살이 박인 상흔이 보였다. 나는 책을 읽는 내내 소설 속 남자의 절절한 외로움에 공감했고, 그가 내 면세계를 새롭게 구축해가는 과정을 보며 묘한 연대감을 맛보았다.

소설의 줄거리는 단순하다. 어느 장군 집 파티에 초대 받은 한 남자. 소심하고 내향적인 그는 자신을 여러 면에서 못났다고 여기는 자존감 낮은 사람이다. 남들과 어울리는 일도 낯설고 사교춤도 출 줄 몰라 지루하던 그는 사람들이 없는 한적한 곳을 찾다가 그만 방을 잘못 들어선다. 불 꺼진 깜깜한 방에 혼자 있다가 그 일이 일어나고 만 것이다.

상대를 착각한 어느 여인이 방에 들어와 어둠 속에서 그에게 입 맞춤한다. 얼굴도 모르는 여인과 암흑 속에서 실수로 빚어진 입맞 춤. 시각이 닫힌 상태에서 입맞춤한 찰나의 모든 것은, 청각과 후 각과 촉각으로 그의 마음속 깊이 각인된다. 애인도 없이 살아온 못난 남자에게는 평생 잊을 수 없는 황홀하고도 강렬한 경험이다. 이 작은 사건 하나가 남자 인생의 터닝 포인트가 된다. 들으면서 도 못 듣던 시냇물 소리가 들리고, 보면서도 못 보던 달빛이 보이 기 시작한다. 그리고 느낀다. 남자의 내면에 잠재해 있던 섬세한 감각이 깨어나며 새로운 눈으로 세상을 보게 된 것이다.

거창한 것보다는 소소하고 하찮은 일이 대부분인 일상에서, 우 연히 마주친 어떤 장면이나 책 속에 들어있는 글귀 하나로도 문 득 눈이 열리는 경이로움. 눈 뜨기 전과 눈 뜬 후의 세상은 빛과 어둠만큼이나 역연한 차이를 보인다. 작지만 값진 경험을 통해 삶이 얼마나 달라질 수 있는지, 지나간 고통의 흔적이 어떻게 아 름다워질 수 있는지 보여준다. 눈뜸은 그렇게 생의 분수령이 될 수 있다. 어둠 속 실수가 불러온 소설에서의 입맞춤 기억처럼, 나 의 과거 한때를 가두었던 미로에서 얻게 된 일기장처럼. 삶이란 때로, 이처럼 엉뚱하다.

누워야 들리는 소리

집으로 돌아가는 길, 햇살에 눈이 부셨다. 어디 가서 차라도 한 잔 마시고 싶어도 코로나 사태로 카페가 모두 문을 닫아서 마음 놓고 앉아 있을 데도 마땅찮았다. 그날 내 눈에 띈 건 유독 납작한 민들레였다. 둥글게 펼치고 앉은 여인의 치맛자락처럼 숫제 땅바닥에 붙어 있는 모양새가 눈길을 끌었다. 사람이나 식물이나, 조금이라도 높이 올라가 햇빛을 더 받으려고 까치발 들고 사는 세상인데 왜 저리 바닥에 누워 있을까. 서서 내려다보니 더 납작해 보여 그 앞에 무릎을 굽혀 앉았다. 노란 꽃송이를 중심으로 바닥에 둥글게 벋은 잎 때문인지 얼마 전에 마트에서 보았던, 속이 노란 봄동 배추가 민들레에 겹쳐왔다. 마음이 쓰였지만 흔하디흔한 민들레인데, 하며 집으로 발길을 돌렸다.

현관문을 열자 귀에 익은 방울 소리가 울렸다. 문 위에 매달린 엄지손톱만 한 방울이 내는 소리였다. 수없이 드나들면서도 평소에는 그게 거기 있는 줄도 모르던 방울이었다. 조금 전에 본 누운 민들레에 대한 식지 않은 감정 탓인지, 높은 곳에서 내려다보는 방울 소리에 별스러운 도도함이 묻어나는 것 같았다. 부엌에 들어가 커피부터 내렸다. 소리 없이 스며드는 커피 향에 마음이 한결 느긋해졌다. 창가에 놓인 푹신한 의자 깊숙이 몸을 부리고 바깥을 내다보는데 어엿한 배추이면서 배추 축에도 못 드는 봄동이 눈에 아른거렸다. 속이 꽉 찬 듬직한 통배추와는 달리, 봄동은 속대를 중심으로 잎들이 옆으로 돌아가며 누운 채 붙어 있어서 동글납작하고 가볍다. 그래서 민들레나 봄동 같은 식물을 방석 식물이라 부르는지도 모른다. 속이 차야 대접받는 배추 세계에서 속없는 봄동의 삶이란 어떤 것일까.

가운데를 중심으로 펼쳐진 잎의 배열이 장미 꽃 모양을 닮았다 하여 영어권에서는 로제트(rosette) 식물로 분류된다고 한다. 과연 서양의 정서로 지은 이름답다. 우리에게는 방석이 연상되는 봄동에서 장미를 떠올릴 수도 있구나. 정서를 공유한다는 게 살면서 얼마나 큰 힘이 되고 따뜻한 위로가 되는가. 공감은 부드러운 시선으로 내면을 깊이 들여다보고 이해할 때 닿을 수 있는 단계다. 이민하여 로제트 세계로 건너와, 장미의 정서 속에서 방석의 정서로 살고 있는 나. 방석과 장미는 내가 살던 저곳과 지금

사는 이곳을 넘나들며 내 의식을 경계를 허물고 확장한다.

인간이 분류한 명칭 따위는 관심 없는 봄동은 살기 위해 그런 생존방식을 택한다. 다른 풀들은 겨울이 되면 뿌리 이외의 땅 윗부분은 죽게 마련인데 방석 식물은 겨울에도 죽지 않고 버틴다고 한다. 잎을 원형으로 납작하게 만들어 햇빛을 최대한 받으면서 땅에 등 붙이고 누워, 흙에서 전해오는 지열로 겨울 추위를 이겨내기 때문이라니. 무심히 지나치던 민들레에 그런 지혜가 있었구나. 나는 서서 내려다보기만 했으니 바닥에 몸 붙인 맹렬한 삶의 모습을 헤아릴 수 없었을 테고, 멀찌감치 떨어진 곳에 있었으니 살아내고자 안간힘 쓰는 간절한 목소리를 듣지 못했을 것이다.

이민 초기에 내 곁에 머물다가 떠난 몇몇 지인을 생각한다. 어쩌면 그들도 저 식물처럼 타국의 혹한을 끄떡없이 견뎌내고자 배추 세계의 봄동으로 살 수밖에 없지 않았을까. 숨쉬는 시간조차 아껴야 할 만큼 절박한 심정으로 몸을 눕혀 따뜻한 손길을 갈구해야 했는지도 모른다. 그들에게 진정 필요했던 건 함께 울어줄 가슴이 아니었는지. 나는 나대로 내 몸의 온기를 잃지 않으려고 애쓰던 시간이어서 그들을 품지 못했다. 햇볕과 지열이 워낙 절실하여 다른 것에는 마음 줄 겨를이 없던 너나없는 봄동들의 어제가 무겁다.

시절 인연이 다하면 내 가까운 옆자리가 다시 비어가리라. 곁에 있을 때 서로를 돌봐야 한다는 말을 통감한다. 그들이 머물던 자리에 남아 있는 체온과 체취가 그리운 계절이다. 떠난 자들의 공간이 그리움으로 채워질 때가 되어야 비로소 그들의 흔적을 가감 없이 이해하게 되는지. 소중한 것을 잃고 나서야 소중함을 알게 된다는 삶의 역설이 두렵다.

엎드려야 보이는 것이 있고 누워야 들리는 소리가 있다. 마음과 시간을 들여야 진짜 보고 듣는 것이다. 누군가의 삶을 이해하려면, 가까이 다가가 그 곁에 함께 누워야 그들이 얼마나 아파하는지, 얼마나 치열하고도 지혜롭게 삶을 견디는지 알 수 있다는 얘기다. 보아야 알 수 있고 알아야 이해할 수 있다. 멀리서는 들을 수 없는 가냘픈 소리, 나는 봄햇살 속에서 그 소리를 듣는가.

그날 그 하늘처럼

그것만은 아니었으면, 하던 병명을 듣고 수술 날짜를 잡고 돌아오는 길. 하늘이 그렇게 아름다울 수가 없었다. 육십 년 넘게 늘 거기에 있던 하늘인데 왜 여태 그리 아름다운 줄을 몰랐을까. 평생 듣고 싶지 않던 비수 같은 말을 듣고 나서야 아름다울 수 있는 거라면, 차라리 영영 모르고 사는 편이 나았을지도 몰랐다.

수술하기까지 기다리는 한 달이라는 기간 동안 내 눈에 비친 모든 게 슬프도록 아름다웠다. 덧없어서 아름다운 걸까. 내가 그토록 중요하다고 여기던 것들이 하찮고 부질없다는 자각에 허무했고, 허무한 만큼 오히려 가벼워지는 기분이었다. 나는 책에서만 읽던 '지금, 여기'를 산다는 말의 의미를 구체적으로 실감할 수 있었다. 하지만 나에게 그것은 과거와 미래에서 절연된 지금과 여기일 뿐이었다.

내 병명을 들은 친구들은 요즘엔 다섯 명 중 한 사람이 걸린다는 흔한 암이니 걱정하지 말라고 위로 삼아 그렇게들 말했다. 하지만 나는 문득문득 덮쳐오는 불안감을 떨쳐내려면 어쩌면 좋을지 아득하기만 했다. 무엇엔가 다른 일에 몰입하여 생각을 떨쳐내는 일은 내가 평소에 불안할 때 의지하는 자가처방전이었다. '오늘 하루'라는 시간 단위로 한계를 긋고, 주어진 하루치 만큼 좋아하는 일에 몰입하다 보면 위태로워 보이는 시간의 다리를 조금 가볍게 건널 수 있을까. 다음 달은 고사하고 다음 주를 계획하는 일마저 불투명해지자 그저 오늘 하루만이라도 편안하기를 바랐다. 하루살이처럼 내일을 생각할 마음 겨를도 없었지만, 그동안 당연히 오는 줄 알던 내일이라는 시간을 더는 믿기 어려워서였다.

한시적이라고는 해도 갑작스레 육체와 정신의 제약을 받으니 일종의 공황 상태에 빠지는 느낌이었다. 그간 걸어온 짧지 않은 나의 생을 돌아보았다. 조용하면서도 치열했지. 그런데 어쩜 그토록 재미없고 융통성 없이 살았을까. 재미를 모르고 열심히 산 사람들은 나중에 후회한다는 농담 같은 말이 나를 멈춰 세웠다. 앞으로 어떻게 하면 재미있게 살 수 있을까. '앞으로'라는 단어가 나한테도 가능한 시제일까.

열심히 산다고 꼭 좋은 건 아니라는 걸 알면서도 교과서적인 삶에서 벗어나지 못한 세월을 살았다. 오히려 자신을 너무 몰아붙이며 강박적인 생활을 한 게 아닌가 싶었다. 중요한 게 빠졌다면 가볍게 즐길 줄 아는 마음가짐이었을 것이다. 가사와 직장 일 둘 다 잘해야겠다고 종종걸음치던 과거의 내 모습이 딱해 보였다. 좀 못하면 어떻고 좀 덜하면 어떻다고 그랬을까.

사람이 좀처럼 변하지 않는다고 하지만, 서른에 보는 세상과 예순에 보는 세상이 다르듯이 생각과 가치관과 추구하고자 하는 것도 시간이 흐르며 달라졌다. 난로에서 끓고 있는 주전자 물처럼 조급하고 불안정하던 젊음도 이제는 지났다. 칼날 같던 성정도 무뎌졌고 가슴을 델 듯하던 감성도 타는 목마름도 희미한 자국 뿐이다. 내가 할 수 있는 건 여기까지구나 하며 한계를 자각하고 인정하는 쪽을 택하는 게 언제부턴가 비겁한 회피가 아니라 소심한 지혜로 보이기 시작했다.

하지만 뭘 잘못했기에 그 무서운 단어가 내 삶에 들어왔을까. 내 마음을 읽기라도 한듯, 잘 산 사람도 병에 걸릴 수 있고 잘못 산 사람도 건강할 수 있다고 하는 담당 의사의 그 당연한 말에 나는 목이 메었다. 뭐가 문제였는지는 중요하지 않으니 어떻게 치료하느냐에만 주력하자고 그는 위로했다. 그 말을 듣고 돌아오는 길에 올려다본 하늘이었다. 수시로 변하는 것 같아도 늘 그 자리에 있어왔고 앞으로도 그 자리를 지켜줄 하늘. 내게 가장 필요한 건 그런 확고한 믿음과 손잡는 일이었다.

하얗던 밤하늘이 생각났다. 언젠가 꽃보라 날리는 여의도 벚꽃 길을 찾아간 날. 난분분한 벚꽃잎에 눈이 시렸다. 밤하늘의 그 까만색 때문에 벚꽃의 흰색이 돋보였을까. 하늘에서는 별꽃이 무수히 피어나고 있어, 지상의 벚꽃과 천상의 별꽃이 난무하던 밤이었다. 벚꽃이 더 화사하게 느껴진 게 어둠 때문이었듯이, 내 건강이 궤도를 이탈했기 때문에 눈에 들어오는 모든 것이 아름답고 소중하게 보였을 수 있다. 그 어떤 것도 살아 있는 사람에게만 주어진다고 생각하니 타인의 슬픔이나 고통조차도 부러웠다. 그만큼 내겐 하루가 절실했다.

비에 흠뻑 젖는다 해도 다시 제자리로 돌아갈 수만 있다면, "이 세상이 유한하다는 것을 이해할 때, 세상의 아름다움을 비로소 체험할 수 있다"던 어느 시인의 말이 생각난다. 여행할 때 그곳이 아름다울 수 있는 건, 며칠 후면 그곳을 떠나 더는 볼 수 없다는 시간의 한계를 의식해서이리라. 파란 숨을 내뿜는 하늘이 유난히 살갑게 느껴진 하루다. 그 '푸른 숨'을 붙들고 다시 일어설 준비를 해야겠지.

아 유 오케이?

누워 있는 내 곁으로 초록 가운이 다가왔다. 나도 모르게 그의 손을 잡았다. 내 손을 덧잡으며 그가 말했다. 그다지 어려운 수술은 아니라고. 터질 것 같던 긴장감이 그 몇 마디에 누그러졌다. 겉으로는 담담한 척하면서도 속으로는 내가 허튼 위로라도 원한 것일까.

시간의 상대성을 무섭게 실감한다. 누구에게나 주어진 공평한 스물네 시간이지만, 흐름에서는 더없이 불공평한 게 시간이다. 수술실과 문 하나를 사이에 두고 멈춰 있는 듯한 시간 속에서 숨도 제대로 못 쉬고 있을 남편과 아들, 두 남자가 대기실에 앉아 천 년의 시간을 견디고 있을 것이다. 표지판 글자가 '수술중'에서 '회복중'으로 바뀌기를 기다리고 기다리면서.

처음 암 진단을 받고 수술하기까지 소설 같은 시간을 살았다. 마음은 수시로 바람처럼 흔들렸고 예측할 길 없는 결과는 두려움

이상이었다. 드라마에서처럼 하얀 침대에 누워 가족의 호위를 받으며 수술실에 실려갈 줄 알았는데 혼자 걸어들어가라고 했다. 바닥에 질질 끌리는 링거 줄을 치켜들고 헐렁한 환자복이 벌어질세라 어그적거리며 걷는 꼴이 우스웠다. 하지만 침대에 누워 타인의 손에 무력하게 끌려가느니, 차라리 내 발로 걸어들어가는 게 낫지 않을까. 그 외중에도 그런 생각을 했다.

수술실에 들어가서야 침대에 누울 수 있었다. 장식 없는 하얀 방이었다. 옆에 놓인 이름 모를 금속 집기들이 형광빛을 날카롭게 반사해 눈이 시렸다. 냉방된 방에 얇은 가운 하나로 누워있으려니 한기가 느껴졌고 마음은 그보다 더 추웠다. 어떻게 알았는지 간호사가 따뜻한 담요를 두 개나 겹쳐서 덮어주었다. 안온했다. 이런 상황에서 이런 기분이 될 수도 있구나.

천장에 커다란 우산을 펼쳐놓은 듯한 전등 두 개가 눈알 수십 개를 되록되록 굴리며 내 몸을 내려다보고 있었다. 수술 상황을 예리하게 지켜볼 눈이라고 여기니, 몰려들던 두려움이 주춤하는 듯했다. 초록색 가운들이 무성영화처럼 소리 없이 움직이더니 마취를 한다고 했다. 불안해진 나는 속으로 숫자를 세기 시작했다. 살아 있는 시간을 조금이라도 붙들어 보려는 안간힘이었을까. 열하나, 열둘, 그때 산소마스크가 씌워졌다. 아직 마취를 안 한 거였구나 하던 게 마지막 기억이었다.

눈에 익은 얼굴이 흐릿하게 다가왔다가 사라졌다. 이어서 낯선 얼굴이 다녀가며 물었다.

"Are you okay?" 그건 내가 묻고 싶은 말이었다. 이제 내가 정말 괜찮은 거냐고 아무라도 붙들고 묻고 싶었다. 남편인지 아들인지 분명치는 않아도 나의 양손을 누군가가 잡고 있었다. 얼마나 잡고 싶던 손인가. 내가 세상을 잠시 잊고 누워있는 동안 회복 시간이 예상보다 길어져서 걱정했나 보았다. 수술이 잘 끝나서 안도했다지만, 다시 만난 기쁨 뒤에 숨은 남편과 아들 눈빛에는 지친 기색이 역력했다.

"아 유 오케이?" 나는 그날 이후 시도때도 없이 나 자신에게 묻는다. 괜찮지? 오케이지? 괜찮을 거라는 자기암시가 정말 효험이 있으리라 믿고 싶은지도 모른다. 앞으로 꽤 오랫동안 나의 일상에는 쉼표가 차지하는 부분이 많아질 것이다. 삶의 리듬을 회복하려는 쉼표의 소리없는 울림, 달가울 리 없으면서도 비켜갈 수 없는 울림이다. 멀리 본다면 쉼표 찍고 누워있는 몇 달이 내 인생이라는 노트에 공백으로 남겨질 몇 페이지에 불과할 수 있다. 빽빽히 들어찬 글자의 숲에 들어있는 백지 몇 장의 공간일 뿐이다. 그럼 '오케이' 아닌가.

살면서 싸울 일도 별로 없었지만 억울하게 당할 때는 나도 대들며 공격하고 싶었다. 밤새도록 머릿속으로 각본을 쓰고 연습을 거듭해도, 막상 싸움이 시작되면 입도 열기 전에 가슴이 떨리고 눈물부터 나왔다. 울면 지는 게 싸움의 기본인데 나는 기본도 못 갖추고 덤빈 꼴이었다. 싸움에 자신을 잃고 좌절하면서 내가 알게 된 싸움 최고의 경지는 싸우지 않고 이기는 거였다. 싸우는 방법을 배울 게 아니라 상대방이 아무리 사납게 덤벼들어도 평정심을 잃지 않고 감정을 제어하여 이기는 방법을 찾아야 했다.

안타깝게도 나는 싸우지 않고 이기는 덕을 갖추기도 전에 공격을 받았다. 눈에 보이지도 않으면서 말없이 공격하는 병이 내 체력이 허술한 틈을 타 싸움을 걸어 온 거였다. 초록 가운을 벗고 흰 가운으로 갈아입은 주치의는 나에게 이길 수 있다면서 전략을 일러주었다. 앞으로의 싸움이란 실은 독한 치료를 견뎌야 하는 내 체력과의 싸움일 터. 결국 자신과의 싸움이었다. 평생 내 곁에 있겠다며 나를 안심시키던 그날 초록 가운의 온기가 얼마나 따뜻했는지.

"아 유 오케이?" 오늘도 나 자신에게 묻는다. '오케이(OK)'를 뒤집으면 '케이오(KO)'가 된다. 둘 중 하나를 택하는 일이니 선택의 여지도 없다. 살면서 수많은 선택 앞에 서게 되지만 이번처럼 고르고 말 것도 없는 경우도 숱하다. 선택에는 당연히 책임이 따른다. 결과로 이어지는 과정에서 감내해야 할 모든 일은 오롯이 선택한 자의 몫이다. 내 앞에 놓인 OK와 KO. 어쩌겠는가.

4

어쩌면
좋으냐

어쩌면 좋으냐

고국을 방문할 때마다, 하루하루가 분주하다. 한 달 가까이 친정에 머물면서도 엄마와 오붓하게 시간을 보내는 날은 손가락으로 꼽을 정도밖에 안 된다. 오늘은 엄마 목욕 시켜드리는 날. 엄마도 나도 그 시간을 좋아하는 건 목욕하는 일이 피부로 교감하는 언어라는 점에서 그럴지 모른다.

내가 힘들까 봐 사양하시다가도 막상 목욕을 시작하면 엄마 얼굴에서 부드럽고 평화로운 미소가 떠나질 않는다. 캐나다 내 집에 돌아가 욕실 문을 열 때면 엄마의 발그레 익은 미소가 생각날 것 같아 마음이 저릿하다. 엄마가 따끈한 물이 담긴 욕조에 앉아 있는 동안 나는 욕조 밖 낮은 의자에 앉아 참으로 많은 이야기를 했다. 같이 이렇게 소리내어 웃어본 것도, 웃음 끝에 가슴 먹먹하여 눈물 글썽인 것도 얼마만인지. 웃음의 발단은 이랬다.

친구들과 식사하고 나서 전통찻집에 갔을 때였다. 오미자차 쌍화차 생강차 대추차. 나이가 들어서인지 모두들 건강에 좋다는 차를 골고루 시켰다. 내 바로 뒷자리에는 우리 나이 또래들이 앉아 있었는데 화제가 노부모에 관한 거였다. 등을 맞대고 앉는 자리이다 보니 뒤에서 하는 말이 들으려고 하지 않아도 들렸다. 귀가 솔깃했다.

90세 안팎의 친정엄마와 시어머니가 화제의 주인공. 친정엄마가 하루가 멀다 하고 아파서 자주 찾아가야 하니 마음 놓고 여행한번 못 다닌다는 딸이 말문을 열자, 자기는 시어머니가 그 연세에도 당신 고집대로 하려는 데다가 눈치도 없이 자식들을 자꾸 보고 싶다고 해서 고민이라는 며느리가 뒤를 이었다.

자기 친정어머니는 혼자 사시는데 식사도 거르지 않고 매일 아침 운동까지 하시니…, 여기까지 듣던 나는 그래도 그분은 건강하니 다행이구나 싶었다. 그런데 이어지는 다음 말이 너무 뜻밖이어서 나는 들고있던 찻잔을 맥없이 내려놓고 말았다.

"그러니 글쎄 어떡하면 좋으니. 그러다가 정말 백 살까지 사시겠어." 듣고 있던 일행은 침묵했고 분위기가 꽤 오래 숙연했다.

전철을 타고 집에 돌아오는 내내 그 말이 귓전을 울렸고, 나는 그 침묵의 의미가 무엇이었을지 생각했다. 당연히 공감하는 내용이라 대꾸가 없었을까. 아니면 차마 듣기 민망해서 말을 아낀 것일까. 사람은 시련을 겪을 때 진짜 성격이 나오고 진심이 드러난다는데, 내가 그런 처지에 있지 않아서 공감이나 이해를 하지 못하는 걸까.

물이 좀 식은 것 같아 따끈한 물을 더 틀어 놓으며, 어버이날이 다가오는데 엄마는 어떤 선물을 받고 싶은지 물어보았다. 그 말 끝에 나는 찻집에서 들은 이야기를 농담 삼아 꺼냈다. 어쩌면 세상이 그렇게 무서워졌느냐며 서글퍼할 줄 알았는데 엄마의 반응은 뜻밖이었다.

"나는 나이 아흔이 넘도록 밥도 잘 먹고 소화도 잘 시키는데 정말 어떡하면 좋으냐."고 하는 바람에 목욕하다 말고 한참을 웃었다.

팔을 닦아드리며, 엄마는 다리는 약한데 비해 팔은 뽀얗고 살집도 좋다고 말했을 때였다.

"그러니 글쎄 어쩌면 좋으냐, 이러다가 백 살도 넘게 살지 모르는데" 하며 엄마는 또 한바탕 웃음보를 터뜨렸다. 말끝마다 그 말을 되풀이하면서 웃는 덕에 목욕이 언제 끝났는지도 모를 정도였다. 심각할 수 있는 말을 유머러스하게 받아들이는 엄마를 보니 덩달아 웃으면서도 코끝이 시큰했다.

누구라도 인간은 아무에게도 들키고 싶지 않은 억압된 생각을 할 수 있다. 그것이 사회적으로 윤리적으로 용인하기 어려운 것이라면 더 은밀할 수밖에 없다. 격의 없는 친구들을 만나 깊은 속내를 털어놓은 것만으로도, 노모를 가까이서 힘겹게 돌봐드리는 그들의 마음이 조금은 가벼워지지 않았을까. 어쩌면 그녀는 집에 돌아가는 길에 맛있는 음식을 들고 어머니를 찾아가 언제 그랬냐는 듯 웃으며 살갑게 대할지도 모른다. 모녀 사이는 그런 것, 깊은 뜻이 없어도 흉허물없이 그렇게 말할 수 있다는 걸 내가 잠시 잊고 있었나 보다.

그들의 대화는 곧 닥쳐올 나의 가까운 미래 이야기라는 생각에 가슴이 서늘하다. 기력이 떨어지고 인지 능력과 판단 능력마저 저하되면 어쩔 수 없이 누군가에게 의탁해야 하는 게 현실이다. 가족이든 시설이든. 자기는 자립심이 강해서 절대로 안 그럴 거라던 사람도 나이 들어 여기저기 아프기 시작하면 마음이 먼저 무너진다. 인생에 '절대'라는 단어가 가능할까. 누구에게든 어떤 일도 일어날 수 있건마는.

캐나다로 돌아갈 날이 하루하루 다가온다. "어쩌면 좋으냐"며 웃던 시간을 떠올리면, 헤어지는 아픔이 조금은 누그러지려는지. 수없이 반복해도 익숙해질 수 없는 이별. 딸을 실은 차가 멀어질 때까지 조그맣게 선 채 손만 흔들고 있을 아흔둘의 엄마. 우리 앞에 또 어떤 이별이 기다리고 있을지 모르는데, 이렇게 잠깐 만나고 헤어져야 하는 나야말로 어쩌면 좋으냐.

10월의 어느 멋진 날에

햇살이 커튼 틈새로 들어와 잠을 깨웠다. 커튼을 젖히자 기다렸다는 듯이 화사한 빛이 밀고 들어왔다. 바리톤 김동규의 '시월의 어느 멋진 날에'를 들으며 좀 더 누워있었다. 가을을 타는 내가, 날씨가 서늘해지면 한때 아침 의례처럼 듣던 노래였다.

"눈을 뜨기 힘든/ 가을보다 높은/ 저 하늘이 기분 좋아/ 휴일 아침이면/ 나를 깨운 전화/ 오늘은 어디서 무얼 할까."
나를 깨운 가을 햇살, 오늘은 어디서 무얼 할까. 숲으로 가자.

거기까지였어야 했다. 시월의 어느 멋진 날이 되려면. 현관문을 여는데 발밑의 느낌이 뭔가 수상쩍었다. 깨알만 한 개미 대여섯 마리가 분주히 오가고 있었다. 쪼그려 앉아 어디서 나왔는지 살펴보니 조그만 구멍이 눈에 띄었다. 테이프를 가져다 개미를 붙여서 버리고, 다닐만 한 통로를 막았다. 여기는 우리 집이야.

너희는 집밖에서 살 데를 찾아야지 왜 여기를 침입해. 개미들은 멋 모르고 나왔다가 영역 침범이라는 죄목으로 죽어야 했다. 미안한 마음이 들었지만 내 집을 지키기 위해서는 어쩔 수 없었다고 변명 아닌 변명을 했다.

숲으로 차를 몰았다. 은사시나무의 노란 잎들이 살랑거리며 소슬바람 소리를 냈다. 아침 바람은 청량했고 노란 잎과 파란 하늘의 대비가 눈부신 가을이었다. 숲길로 들어서는 길바닥에 흙무덤 미니어처를 닮은 것들이 즐비했다. 개미가 땅속에 동굴을 파면서 퍼낸 밤톨만 한 흙무더기들이었다. 저 아래 얼마나 많은 개미가 모여 살고 있을까. 평소에는 무심히 지나치던 광경이었다.

사회를 이루고 사는 개미 이야기, 베르나르 베르베르의 소설 생각이 났다. 인간에게 개미는 귀찮고 하찮은 존재이지만, 개미 세계에서는 인간이 마치 전지전능한 신처럼 군림했다. 일단 인간 몸집이 개미의 상상을 초월할 정도로 거대하다는 점을 무시할 수 없었다. 개미 입장에서는, 거구의 체격을 한꺼번에 볼 수 없다는 점에서 인간이라는 존재를 신격화했을지 모른다. 엄지손가락 하나면 개미 세상을 통째로 초토화시키는 괴력을 지닌 신이었다. 눈으로 확인할 수 없는 정체불명의 존재에 막연한 두려움과 경외심을 느끼는 건 개미나 인간이나 다를 바가 없어 보였다.

어쩌면 장난감 같은 저 숱한 흙무더기 아래에 개미 사회가 질서정연하게 돌아가고 있을 터였다. 인간이 무의식 중에 밟아서 무너지기라도 하면, 담당 개미가 지진 경보 페르몬을 발사하지 않을까. 사람들이 조깅할 때마다 울리는 굉음에 놀라, 신이 분노했다는 소문을 퍼뜨리는 개미는 없을까. 소문만 듣고 우왕좌왕하는 개미들 모습에 인간 모습이 겹쳐왔다. 판단력 부족이나 무지가 부른 웃지 못할 비극은 어느 세계에도 있는 일이다. 산책하던 개가 홍수를 낼 수도 있을 텐데, 개미 사회에서는 그 뜻밖의 홍수와 냄새를 어떻게 분석할지. 길섶의 키작은 들꽃도, 흩날리는 단풍도 오늘은 눈에 들어오지 않았다. 오나가나 개미만 보였고 개미 생각만 하게 되었다.

숲에서 돌아오는 길에 남편은 운전을 하며 음악을 틀었고 오늘본 것들에 관해 대화를 나누고 싶어했다. 단풍과 은사시나무와 들국화를, 하늘을 빙빙 돌던 매와 나무를 타던 다람쥐 이야기를 했다. 그중에 내가 본 건 아무것도 없었다. 나는 발끝에 짓밟히던 개미집과 돌멩이 밑에 떼로 몰려 오글거리던 개미 기억만 났다. 남편과 나는 같은 공간에서 그렇게 다른 세계를 보고 온 거였다. 집을 나설 때 개미를 죽이고도, 그랬다는 사실조차 잊은 줄 알았는데 그게 아닌가 보았다.

운전하던 남편이 갑자기 앗, 하더니 격하게 몸을 움직였다. 그 바람에 순간적으로 핸들이 방향을 잃으면서 차가 기우뚱거렸다.

남편은 한 손으로 핸들을 잡고 한 손은 허벅지를 누르고 있었다. 아무래도 다리에 쥐가 난 것 같았다. 모든 게 일시에 멈추어버린 것처럼 나는 아무런 조처도 할 수 없었다. 남편은 여전히 다리를 누르면서 비상등을 켜고 갓길에 차를 세웠다. 차에서 내리는 걸 보니 쥐가 난 건 아닌가 보았다. 그는 바짓가랑이 속에서 까만 개미 한 마리를 끄집어내며 개미가 바지 속으로 들어가 허벅지를 물었다고 했다. 아마 숲에서 묻어온 모양이었다. 일 센티미터짜리 개미가 괴물처럼 커 보인 건 그때가 처음이었다.

남편은 별일 아니라는 듯 다시 차에 올랐지만 나는 엉뚱한 상상에 빠져들었다. 개미를 죽이고 개미에게 물린 일이 정말 우연일까. 인과관계를 떠올리며, 내가 살생했다는 생각에 사로잡혀 저 위의 누군가를 의식하는지도 몰랐다. 경외롭고 장엄해서 인간의 눈으로는 도저히 볼 수 없는, 그러면서도 없다고는 할 수 없는 존재를. 개미의 신이라는 인간이 아침에 개미 몇 마리 죽인 게 원인이 될 수야 없겠지만, 개미 한 마리 때문에 사고가 날 수도 있었다. 감히 신의 다리를 물다니. 개미와 함께한 아찔한 하루가 그렇게 지나고 있었다. 10월의 어느 멋진 날에.

기억한다는 것

사람이 사람을 기억하는 방식에는 어떤 것이 있을까. 그와 나 누던 대화나 몸짓 떠올리기, 사진을 보거나 남기고 간 물건 바라보기? 같이 있던 공간을 찾아가 그를 느껴 보기…, 또 없을까? 특정한 차를 마시거나 어떤 음악을 들을 때마다 생각나는 사람이 있다면 그 관계에는 단순한 추억 이상의 무엇이 있다는 의미일 것이다.

여고 시절 단짝 친구와 나는 우리의 우정이 영원하리라 믿었다. 세월 앞에 흩어지지 않는 게 없다는 걸 모르던 사춘기 소녀에게 망각이라는 단어는 너무 멀리 있었나 보다. 하지만 바위에 새긴 기억도 풍화된다는 사실을 자각하면서 우리의 고뇌도 깊어졌다. 그녀는 우리가 나눈 모든 시간을 일기에 적어 간직하자고 했다. 우리가 함께한 시간이 우리 몸 깊숙이 남아있기를, 그즈음 우리의 대화는 대개 그런 내용이었다. 무엇이든지 같이하던 시간을 기억의 화석으로 남기겠다는 어설픈 낭만은 바람에 흩어졌고, 졸업 후에 우리는 헤어지는 줄도 모르게 헤어졌다.

사랑하던 사람을 잊지 못하는 경우는 드문 일이 아니다. 하지만 책 속에서 만난 여자의 삶은 특이했다. 한 남자와 사랑하던 짧은 시간을 박제하여 곁에 두고 살아가는 그녀의 사랑은, 과거에 결박된 상상과 기억에 의존하는 환상이었다. 시간이 흐르면서 왜곡되는 환상의 힘은 집요했고, 무서웠다. 사랑하는 남자가 남기고 갔다는 이유로 도수도 맞지 않는 그의 안경을 쓰고, 마지막으로 함께 누웠던 침대 시트를 빨지 않고 보관하고…. 그가 떠난 시각에서 멈춰버린 시계는 다시 움직일 줄 몰랐다. 자기 나이가 몇 살인지, 몇십 년 동안이나 그런 생활을 했는지 그녀의 기억은 말해주지 않았다. 기억이라는 유폐된 공간에서 시간은 가차 없이 모든 걸 삭혀버렸다. 그런데도 그녀는, 그 사람과 사랑했던 기억만은, 그것만은 놓을 수가 없었다.

모니카 마론의 소설 〈슬픈 짐승〉에서 보여준 극한의 사랑은 그런 모습으로 나타난다. 길에서 실신하여 죽음 직전에 이르렀던 여자다. 만일 그때 정말 죽었더라면 자기의 삶에서 아쉬운 게 무엇일까 생각하다가 인생에서 놓치지 말아야 할 것은 '사랑밖에 없다'는 결론을 내린다. 그러고는 그 남자와 사랑에 빠진다. 그와의 사랑으로 여자의 평범하던 일상은 아무런 의미도 없어진다. 급기야 자기 삶에서 가정이나 가족이라는 이름조차 지워버리고 광기 어린 사랑을 이어간다. 젊지 않은 나이에 불같이 사랑하던 그 남자가 자기 가정으로 돌아가 버리자, 지나간 사랑만을 추억하며 살다가 슬픈 짐승이 되어버린 여자. 그녀는 그 남자와의 사랑 하나를 얻기 위해 자신이 갖고 있던 나머지 전부를 버린 셈이다.

누군가 자신을 '어떤 방식으로든' 기억해주는 것도 사랑이라는 말을 두고, 친구와 나는 의견이 나뉘었고 그것을 빌미로 한동안 소원했다. 내 생각은 사랑하는 '어떤' 방식은 사랑이 아닐 수도 있다는 얘기였다. 사랑이라는 이름 뒤에 감춰진 일그러진 얼굴인 소유와 집착, 구속과 질투를 사랑이라 부르지는 않는다. 소설에서나 현실에서나, 그리고 가족에게나 타인에게나 그것은 사랑이 아니라 독이다.

인간이 타인에 의해 규정되는 존재라면, 누군가가 자신을 인정하기 전까지는 어떤 의미에서 진정 존재하는 게 아닐 수 있다. 타인의 부재로 자신의 정체성이 흔들리는 경우를 말한다. 과거에 속한 사람 역시 누군가가 기억해주어야 비로소 존재감을 되찾는다. 기억이란 지속하여 반추하지 않으면 차츰 작아지고 흐려지다가 마침내 아무것도 아닌, 하나의 점으로 사라지고 만다. 그래서 우리는 아픈 기억은 묻어두고 좋은 추억은 자꾸 들추고 싶어 하는지 모른다.

가끔은 무엇을 어떻게 하기보다는 그저 흘러가도록 놔두는 일이 최선인 경우도 있다. 흐르는 물에 엄청나게 큰 돌멩이를 집어넣어 흐름을 막는다고 막을 수 있을까. 물살은 거친 소리를 내며 에둘러 갈 뿐 멈추지는 않는다. 흐름을 탄다는 말은 변화를 받아들인다는 의미와도 통한다. 함께 흐르지 못하면 고립된 섬이 되고 만다.

책을 덮으며 소설로서의 문학성 여부를 떠나, 흐르는 시간을 붙들려던 여자의 몸부림이 허망하게 느껴졌다. 사랑을 얻었으니 그녀가 포기한 나머지에 관한 아쉬움이 없었을까. 그것이 흔쾌한 선택이었든 고통스러운 선택이었든, 그에 따른 책임이 가벼울 수만은 없었으리라. 세상에는 한 가지만을 위해 모든 것을 기꺼이 포기하는 사람도 있다. 소설 속에서는 그게 사랑이지만, 어떤 이들은 자신의 신념이나 일이나 욕망을 위해 그렇게 살아가기도 한다.

흐름을 막지 않는 것이 자연의 질서라면, 지난 일은 지나간 대로 잊어버리는 망각은 시간의 질서가 아닐까. 하지만 시간의 질서를 거스르는 고통스러운 희열이, 누군가에게는 살아가는 원동력이 되기도 한다. 과거를 현재로 불러와 곁에 묶어두려 했던 〈슬픈 짐승〉의 그녀가 그랬듯이. 시제라는 한계를 뛰어넘어 영원한 시간을 살게 하려는 예술이나 문학의 세계가 그렇듯이.

공평여사

  코로나사태로 사회적 거리두기를 하면서 그러잖아도 모자라던 병원 대기실 의자가 셋으로 줄었다. 평소에는 열 명 남짓 앉던 공간이었다. 모두 마스크를 쓰기는 했어도 워낙 좁은 공간이라 실제로 2m 거리두기란 불가능해 보였다. 게다가 진료마저 늦어지는 바람에 예약 시간보다 한 시간가량을 더 기다려야 한다고 했다. 먼저 도착한 순서대로 중동 아가씨와 나, 그리고 중국 아줌마가 의자에 앉았고 그 후에 도착한 사람들은 통로에 한 줄로 서기 시작했다.

  줄 맨 끝에 서 있던 캐나다 여성이 대기실로 와서 의자 사이의 벽에 기대고 설 때까지는 각자 스마트폰을 보며 무심한 듯한 분위기였다. 몇 분 후에 크지도 않으면서 분명한 목소리가 고요를 깼다. 벽에 기대고 섰던 그 캐나다 여성이었다. 그녀는 앉아 있던 세 사람에게 10분씩 돌아가며 앉자고 하면서 모두가 골고루 앉아야 공평한 거라고 했다. 앉은 지 10분이나 지났을까. 아직도 한참을 더 기다려야 진료가 시작될 터였다. 나는 엉겁결에 일어나 통로 쪽으로 갔고 중동 아가씨는 별 희한한 사람 다 본다는 표정으로 일어섰다. 못 들은 척 버티던 중국 아줌마도 불편한 분위기를 못 이기겠는지 마지못해 일어섰다. 공평하다는 기준이 무엇일까. 언뜻 듣기엔 그녀의 의견이 이상적으로 들릴 수 있고, 먼저 자리를 차지했다고 끝까지 앉아 있는 게 욕심 같기도 했다.

그렇게 10분이 지났다. 다시 바꿔 앉자는 그녀의 제안에, 서있기가 힘들다는 동남아 아줌마에게 계속 앉아 있으라고 권하는 사람만 있을 뿐 아무도 자리에 앉고 싶어 하지 않았다. 그녀는 진정 모두가 골고루 앉게 하려는 배려심에서 그런 제안을 했을까. 저 당당함과 자신감은 대체 어디서 오는 걸까. 내가 선뜻 일어서는 바람에 앉아있던 다른 사람들 심기를 불편하게 하고, 결과적으로 나도 모르게 '공평 여사'의 말에 힘을 실어주고 말았다. 다른 사람 말에 생각 없이 함부로 동의하는 것을 조심해야 하는데. 이비슷한 상황이 재연되면 나는 아마 또 지금처럼 행동할 것이다. 그녀의 말에 다양한 반응을 보인 사람들을 둘러보면서, 나는 그게 국민성과 관련이 있는지 생각하며 기다리는 지루함을 달랬다.

머릿수로, 그러니까 n분의 1로 나누는 것이 가장 이상적인 방법일까. 교직에 있을 때, 학년 초가 되면 일 년 동안 담당할 수업 시간을 분배했다. 내가 맡은 과목은 교사가 6명이고 수업은 학급당 일주일에 3시간씩 모두 126시간. 두부 자르듯 똑같이 나눌 수도 있겠지만, 서로의 사정을 배려하여 주당 18시간에서 24시간씩 맡는 게 관례였다. 그런데 신임교사 둘이 불만을 표하여 공평하게 나눌 것을 주장하면서, 여러 차례 회의 끝에 모두에게 똑같은 시수를 배당하기로 했다. '똑같이' 나눠 가졌으니 공평한 일인가. 하지만 훈훈하던 선후배 사이가 서먹한 관계가 되어 한 해를 보냈다는 건 어떤 의미였을까. 복잡미묘한 인생에 공평이라는 잣대를 미숙하게 적용한 결과가 아니었는지.

나는 상대가 나보다 노약자인 때에만 자리를 양보했지, 그렇지 않은 사람들과 교대로 앉을 생각은 못 해 보았다. 자리를 양보하는 것뿐 아니라 형평을 이야기할 때면 '공평 여사' 얼굴이 떠오른다. 애초의 의도가 선의였다 해도 어떤 방식으로 접근하느냐에 따라 결과는 크게 달라질 수 있다. 그때 만일 그녀 자신이 앉아 있는 상황에서, 서 있는 사람을 배려하여 자기 자리를 양보하는 것으로 그쳤더라면. 그 광경을 본 다른 사람이 자발적으로 동참하면서 양보하는 일이 연속으로 선순환되었더라면 그날의 일이 훈훈한 미담으로 기억되었을지 모른다.

이따금 마치 자기가 정의를 실현하는 사람이라도 되는 양, 혹은 자기밖에 그 일을 할 수 있는 사람이 없다는 듯이 나서서 타인을 자기 방식대로 조정하려는 사람들을 본다. 가치 기준이 달라서 그럴 수 있겠지만 이타심을 가장하여 자기만족을 취하려는 이기심에서일 수도 있다. '원칙대로 공평하게'라는 말은, 타인에게 해를 끼치지 않으면서 보다 많은 사람이 덜 아프게 살아가기 위해 인간 사회가 어쩔 수 없이 선택한 단어가 아닐까. 정해진 대로 누구에게나 예외 없이 똑같은 잣대를 사용하는 것이 공평한 일일 수는 있다. 하지만 따뜻한 피가 흐르는 융통성 있는 세상을 원한다면 그것만으로 충분할지 의문이다.

가치관이 다른 사람들이 모여 사는 사회에서 나나 너가 아닌 '우리'의 조화로운 삶을 위해서는, 어쩌면 그것이 최선의 방법은 아닐지 모른다. 하찮아 보일 수 있는 사소한 행동 하나가, 그 사소함 때문에 마음에 오래 남아 위로가 되기도 하고 상처가 되기도 한다. 수학적으로 똑같이 나누는 공평함과 개인의 처지나 상황을 도의적으로 고려하여 나누는 공정함을 두고, 이성이냐 감성이냐 사이에서 고민한 시간을 되돌아본다. 나는 아무래도 예외없는 분명함보다는 어수룩해도 인간미 느껴지는 세상을 꿈꾸나 보다.

6월이 지나가면

'까닭 없이 조용히 설레는 6월이다. 바람이 지날 때마다 초록 소리가 들리고 태양은 붉은 땀을 흘린다. 그녀 나이 열여섯 되던 해에 시인 워즈워스를 만난다. 6월 한 달 동안 교실 한쪽 벽면을 차지하고 있던 커다란 시화(詩畵) '초원의 빛'이 보인다. 시어(詩語)를 받쳐주던 풀잎들이 태양을 중심으로 몸을 흔들며 춤추고 있다. 급우들은 놀란 눈으로 풀잎의 군무를 바라보기도 하고 신기한 듯 다가가기도 한다.'

몇십 년 전 일이 어찌 이리 선명한 그림으로 남아 있을까. 밥하다가 우연히 내다본 창문에 초록이 흔들리는 틈새로 그 시절의 6월이 얼비친다. 허공을 바라보던 나는, 착각일 거야 하면서도, 지워진 줄 알던 기억 속의 십 대 소녀로 잠시 돌아가고 싶다. 쌀을 안치던 주름진 내 손이 여고생 모습으로 돌아온 그녀의 손을 덥석 잡고 50년 전을 향한다. 타국에 뿌리내린 노년의 내가 공간 속의 이방인으로 살고 있다면, 열여섯 그녀 뒤를 따라가는 나는 시간 속의 이방인을 자처한 셈이다. 늙은 내가 젊은 내 손을 잡고 걸으려니 심장이 북소리를 낸다. 이 얼마 만인가. 푸른 물이 뚝뚝 듣는 여고 1학년 교실 문이 마침내 열린다.

교실에 들어서자 '이달의 시(詩)'가 무릎 높이에서 천장에 이르기까지 한쪽 벽면을 온통 차지하고 있었다. 그래, 바로 저 시(詩)였지. '초원의 빛이여, 꽃의 영광이여…' 초원의 풀 냄새가 세월을 뚫고 그림에서 스며 나오는 듯했다. 봄빛 같은 소녀들이 벽에 붙은 시 앞에 다가와 소리 내어 읊기 시작했다. 그들 곁에서 같이 시를 읽던 내 심장이 쿵쿵거렸지만 젊은 친구들에 밀려 주춤주춤 뒷걸음치다 보니 창가에 이르렀다. 창밖에는 6월의 햇살이 아슴푸레 피어오르고 시화 속 초록 풀잎들은 바람 불 때마다 흔들렸다. "시에서 초록 심장이 뛰는 것만 같아." 낯익은 앳된 소리였다. 저게 정말 내 목소리였던가.

매달 시를 하나씩 써서 벽에 붙이는 일이 내 친구 M에게 맡겨지면서 하얗기만 하던 그 벽은 비로소 의미를 지녔다. M은 예술적 재능과 끼를 고루 갖춘 아이였다. 복도 쪽으로 난 창문 둘 사이의 벽면 전체를 차지하는 종이에 입체적으로 바탕을 칠하고 독특한 글씨체로 큼직하게 써내려간 시. 내 눈에는, 시 한 편을 소개하는 방법치고는 놀라울 정도로 예술작품에 가까웠다. 바람에 뒤척이는 풀잎 위에 굵직하게 얹혀있던 검정 글씨들은 금세라도 굴러 나올 것처럼 생동감 있었다.

어느 날 M은 자기가 좋아하는 경양식 레스토랑, 지금으로 말하면 카페 같은 곳에 나더러 같이 가자고 했다. 광화문 사거리 어디께에 있던, 간단한 양식을 먹으며 커피도 마시고 음악도 감상하는 곳이었다. 주로 가수들이 라이브공연을 하는 공간이라고 했다. 지하로 내려가는 좁은 계단 입구에서 걸음을 멈춘 M의 눈빛이 나에게 무슨 말인가 하고 있었다. 그녀 뒤편에서 강렬하게 시선을 잡아끌던 그것은 놀랍게도, 벽화였다.

계단 한쪽 벽면을 타고 주홍색 물결이 지하까지 흐르고 있었다. 나는 그게 그녀 작품이라는 걸 단번에 알아차렸다. 산불처럼 번진 단풍은 마지막 계단에 이르러서야 잦아들었다. 벽화에 들어 있던 하얀 나비가 날아와 내 가슴에 불꽃을 일으켰고 그 화염 속에서 뭔지 모를 내 안의 것들이 함께 타오르던 느낌. 나에게 예술이란, '감상을 넘어서는 그 무엇'이 있어야 의미를 지닌다고 생각했는데 그 벽화가 그랬다. 카페의 분위기나 음식에 관한 기억은 잘 나지 않아도, M이 그린 계단 벽화는 오랫동안 손에 잡힐 듯 선명했다. 그 후 나는 김정호라는 가수에 눈떴고 그의 노래 '하얀 나비'를 들으면 그녀 생각이 났다.

졸업하고 얼마 되지 않아 그녀가 결혼했다는 소식을 들었다. 결혼식을 올리고 바람처럼 미국으로 떠나버렸다고 했다. 그때만 해도 요즘 같이 외국에 가서 사는 일이 흔치 않을 때여서, "여기에 모든 걸 다 놔두고 너는 왜 거길, 그 먼 데를 갔느냐"며 나는 서늘한 숨을 내쉬는 것으로 서운함을 삭였다. 세월이 한참 지났을 때 나 역시 캐나다로 이민 오게 되었고, 이민자로 살면서 나는 M에게 쏟아내던 질문을 역설적으로 나 자신에게 하고 있었다. 나는 왜 모든 것을 거기에 두고 떠나와 여기에서 흔들리는 것일까.

'초원의 빛이여!/ 꽃의 영광이여!/ 그 시절 다시 돌릴 수 없다 해도….'

초원의 빛이나 꽃의 영광이라는 시어가 은유하는 진정한 의미나, 그것이 사그라진 후에 몰려올 허무를 알기에는 그때 우리가 너무 젊었었나 보다. 할머니 나이에 이른 그녀와 내가 우연히라도 다시 만난다면, 이제는 환상으로 존재하는 시간속의 흔들림을 이해할 수 있으려는지. 다 지나고 나서야 그 시절이 찬란한 생의 한가운데였음을 알게 되는가. 한 조각 흔적으로 남은 그때를 잠시 그리워해 본다.

기억 속의 교실 문이 조용히 닫힌 자리에 뜨겁던 6월의 바람이 스쳐간다. 헤어져야 할 시간, 잡고 있던 나의 젊은 손을 놓으려는데 숨결인 듯 속삭이는 소리가 들려온다. 시심(詩心)을 잃지 않고 노년에 이른 자기의 미래 모습을 볼 수 있어 좋았다고. 세월이 긋고 간 다른 모습은 아마 눈치채지 못한 모양이었다. 모르고 걸어야 걸을 수 있다는데 들키지 않아 다행인가.

가족이란

가족의 날(Family Day)이다. 아들 며느리가 두 손자를 데리고 연휴 첫날 다녀갔으니 오늘은 우리 부부뿐이다. 패밀리데이가 처음 제정된 해, 우리는 특별한 이벤트로 추억을 남기자고 했고 그게 가족 탁구 대회였다. 그래봐야 셋이서 돌아가며 게임을 하는 게 전부였지만 승부욕이 있던 아들과 남편의 경기는 볼 만했다. 재미 삼아 시작한 놀이였어도 팽팽한 긴장 속에 부자가 땀 흘리는 모습은 재미를 넘어 감동으로 남았고, 흔들리는 타국에서 의지할 수 있는 가족이 있다는 게 그렇게 든든할 수가 없었다.

그게 엊그제 일처럼 눈에 선한데 고등학생이던 아들이 벌써 자식을 둘이나 둔 가장이 되었고 남편은 할아버지가 되어 손주 보는 맛에 빠져 지낸다. 며느리를 봤을 때 남편과 나는 사인용 식탁이 이제야 다 찼다고 좋아했고, 손자가 태어날 때마다 가족이 늘었다며 기뻐했다. 그런데 가족의 날이라는 오늘, 지인들 모임에서 듣던 말이 뜬금없이 생각났다. 그것도 그저 우스갯소리로 듣고 지나쳤던 이야기가.

자기 아들 생일이어서 그야말로 '가족'끼리 모였다고 P가 말문을 열었다. 미역국에 잡채 만들어 먹은 게 다였지만 손주들 재롱에 시간 가는 줄 몰랐다고. 촛불이 켜진 케이크 앞에서 생일 축하 노래를 부르면서 노부부는 모처럼 흐뭇한 시간을 보냈다. 일 년에 몇 번 안 되는 날이지만, 가족이 모여 함께 시간을 보내는 게 노년에 얼마나 큰 활력소가 되는지 모른다며 그는 열없이 웃었다.

그 다음 날 무슨 일인가로 아들네 집에 전화했고 손녀가 재잘대는 별것도 아닌 말에 손에서 힘이 빠지더라고 털어놓았다. "오늘은 우리 가족끼리 생일파티 하러 가요, 엄마 아빠랑 우리 넷이서요" 라던 목소리가 한동안 귀에 쟁쟁했다니. 눈에 넣어도 아프지 않을 손주들인데, 제 할머니 할아버지를 가족의 범주에서 제쳐놓는구나 싶어 철없는 어린 것이 한 말인데도 서운하더라고 했다.

우리나라에 살아도 그러려나, 곁에 있던 누군가의 가라앉은 말소리가 들렸다. 타국에 이민 온 지 몇십 년이 된 그들에게 진정한 의미의 '우리나라'는 어디일까. 캐나다에서는 가족 의료보험 적용

범위에 배우자와 자녀만 포함되고 부모는 제외되니, 부모가 가족이 아니면 그럼 남이라는 말인가? 강아지는 가족이고? 라는 P의 말에 다들 웃으면서도 웃음 끝이 서글펐다.

강아지라니까 생각난다며 A가 고국에 있는 자기 친구 이야기를 꺼냈다. 여행 가는데 강아지를 맡길 데가 없으니 며칠 만 와 있을 수 있겠냐는 딸의 전화를 받았다나. 애를 봐 달라면 몰라도 개를 봐 달라니, 하면서도 그러마고 했다. 냉장고를 열다가 눈에 띈 '엄마 부탁해요!'에는 강아지 목욕과 산책에 관한 주의사항이 적혀 있었다고. 떠나는 날 열 살짜리 손녀가 문을 나서다 말고 돌아서는데, 할머니도 같이 가자는 줄 알고 주책없이 반색을 하며 심장이 쿵쾅거렸다지. 그런데 강아지랑 헤어지는 게 섭섭해서 한 번 더 안아보려던 거였다니 얼마나 민망했을까.

"제 어미한테는 언제 한번 목욕하자고 한 적이 있나 같이 산책해 본 적이 있나. 그저 아쉬울 때만 찾는 엄마지. 그나마 기력이 있어 도와주니 지금이야 그렇다지만." 무심한 척하며 혼자 속 끓이는 친구 모습이 남의 일 같지 않고 눈에 아른거려 잠을 설쳤다고. 세상 모든 자식이 부모를 홀대해도 내 자식만큼은 그렇지 않으리라는 기대가 무너질 때 부모도 무너진다는 걸 자식들이 알려는지. 나는 집으로 돌아오는 동안, 그들 얼굴에 스치던 자조어린 웃음이 마음에서 지워지지 않았다.

서양에서 이상적인 가정을 표상하는 그림에는 부모와 자녀, 경우에 따라 강아지가 있으면 있었지 조부모가 들어설 자리는 없다고 했다. 당연한 그림이 되어버린 핵가족이 과연 현대 사회의 '이상적'인 가족 형태일까. 내 기억 속의 할머니 할아버지의 품안은 심리적으로 더없이 편안한 보금자리였다. 요즘처럼 사랑을 입술로 표현하지 않던 시절이었어도, 무조건적인 신뢰와 자애로움을 느끼게 되는 품이었다. 할머니 할아버지는 손님일 수 없는 내 가족이었고, 때로는 엄마 아빠로부터 도망쳐서 숨어들 수 있는 은신처이자 든든한 보호막 역할을 했다.

　천금 같은 내 자식도 서운할 때가 있는 것은, 사랑을 재는 계량법이 바뀐 줄 몰라서일 수 있다. 그들은 부모가 왜 서운해 하는지조차 모르는 경우도 많다. 자식은 부모 나이를 살아보아야나 부모 마음을 이해한다. 부모는 이런 저런 세월 다 겪어보아서 자식 마음이 들여다보이면서도 허전한 걸 어쩌겠는가. 삶이 고단하고 외로울 때 가족만큼 위로가 되고 편히 기댈 수 있는 관계도 없다. 반면에 그만큼 밀착된 관계이기에 때로 굴레로 여겨지기도 한다.

　며느리나 사위는 피 한 방울 섞이지 않은 타인이지만, 피보다 더한 사랑으로 맺어진 관계이고 우리는 그들을 가족이라 부른다. 내 목숨처럼 소중한 그들과 얼마만큼 떨어진 거리에서 사는 것이 지혜인지. 온 인류를 사랑할 수는 있어도 자기 부모나 자식과 평화롭게 지내는 데는 서투를 수 있는 게 사람이다. 가까우면 가시에 찔리고 멀리 있으면 등 시린 고슴도치처럼, 관계의 거리를 잘 조절해야 서로 편한 숨을 쉴 수 있다. 가족의 날인 오늘, 나는 내 가족의 이름을 불러본다.

가을부채

가을은 바람을 앞세워 온다더니, 바람이 서늘하다. 철 지난 부채 위에 민화 화가인 친구 얼굴이 지나간다. 내가 연꽃을 좋아한다고 연꽃 그림을 그려주던 친구 K. 부채에 연꽃이 피던 날, 모처럼 고국을 찾은 나에게 온갖 나물과 해산물로 정성 들여 밥상을 차려주면서 자기가 그린 꽃만큼이나 활짝 웃었지. 전화를 하고 싶지만 고국은 지금 밤이다. 아무 때라도 목소리 들으면 좋다던 그녀였지만, 오늘따라 곤히 잠들었을지 몰라 부채만 들여다본다.

서랍은 '쓸모'가 유예된 시간이 머무는 공간이다. 여름이 지나기 전에 서랍 정리를 했더라면 한번 펼쳐보지도 못하고 부채를 다시 넣어 두지는 않았을 텐데. 그럴까 봐 손이 자주 가는 서랍에 두었는데도 제철이 다 지나고 나서야 열어보게 되었다. 눈에서 멀어지면 마음도 멀어진다는 말이 생각나서, 깊숙이 두지 못하고 눈 닿는 데 놓아둔 게 어디 이번뿐이고 이것뿐일까.

가을부채가 '제철이 지나 소용없는 것'을 비유하는 말이라는 것을 알고부터 전에 없던 애정이 생긴다. 애정이라기보다는 연민이라고 할까. 철 지난 부채라니까 쓰임새를 잃고 한구석으로 밀려난 물건이라는 생각에, 일종의 자기 연민 비슷한 동병상련의 정을 느끼나 보다. 에어컨 버튼 하나만 누르면 온 집안이 서늘해지고, 외출할 때는 휴대용 손 선풍기를 필수품처럼 챙기는 세상이니 부채는 이제 더운 여름에조차 제철을 누리지 못한다.

어느 날 나는 엄마가 되어 있었다. 아기 세계의 언어와 몸짓을 익히는 것만으로도 분주할 만큼 육아에 서툰 엄마였다. 아기와 함께하는 시간이 아쉬워서인지, 종일 집에서 아이와 같이 지내는 전업주부를 부러워했다. 직장에서 일하다가도 쉬는 시간 내내 눈에 밟히던 아기를 집에 돌아와 품에 안을 때면, 그 시간이 그대로 멈추기를 얼마나 바랐는지. 해주고 싶은 게 많아도 마음뿐이던 기억. 먼 훗날에야 그때가 빛나는 시간이었구나 싶던 나의 젊은 엄마 시절은 그렇게 허둥지둥 지나갔다.

영원할 것 같던 내 생의 초록빛이 소리 없이 이우는 동안, 그 아기가 자라 결혼하여 제 아이를 낳았다. 손주는 내 아이보다 잘 키울 수 있지 않을까. 시행착오투성이였지만 나의 엄마 시절에 터득한 것을 며늘아기에게 전할 수 있겠다는 착각은, 그러나 너무도 쉽게 깨지고 말았다. 인터넷 세상을 제집처럼 드나드는 신세대 며느리에게는 내가 오랜 경험을 통해 축적한 옛것들이 구식 육아법으로 보일 수도 있었으리라. 나는 그때만 해도 제철인 줄 아는 가을부채가 아니었는지.

나의 '제철'은 언제였을까. 나이로 보면 지나가고도 남았을 텐데 손에 남은 건 없고 마음만 희망과 허망 사이에서 그네를 탄다. 있던 꿈도 접어야 하는 나이란 없다고 한다. 그렇다고 '내 나이가 어때서'를 외치며 젊은 척하고 싶지는 않고. 제철인 줄도 모르고 여름을 보내버린 부채를 가까이 들여다본다. 철은 지났어도 연꽃 향은 이리 그윽한데, 더 바라면 욕심이겠지.

오랫동안 같이 근무한 직장 동료들은 나에게 조용하면서도 도저한 저력이 있다고들 했다. 말이 좋아 저력이지 삶의 행보가 민첩하지 못한 나에게 그 불투명한 안개 같은 단어는 별로 위로가 되지 못했다. 하지만 생의 가을 무렵에 만난 수필이라는 숲길에서 허우적거릴 때, 희망의 빛을 보여준 건 다름 아닌 그 말이었다. 내 안에 있다던 저력이라는 단어가 그저 지나가는 허튼 위로이거나 환상이 아니었기를 바라며 글을 썼다. 힘든 만큼 매력도 있었다. 많은 독자의 열렬한 반응을 경험하지는 못했어도, 내가 쓴 글이 천천히 그리고 가만가만 어느 독자의 가슴에 개별적으로

가 닿는 느낌은 매력 이상의 감동이었다.

　돌이켜보면 큰 굴곡도 없고 변화도 없이 살아왔다. 그저 내 삶의 작은 일부를 허물고 바꾸고 지우고 버리고, 그러다가 너무 휑하면 덧대고 채워가면서 살았지 싶다. 그렇게 시시로 때때로 바람 막음 비 막음 하면서. 그러다 보니 제철인지 아닌지도 모르고, 아니 어쩌면 해마다 제철인 듯 바삐 세월을 건넜던가 보다. 화가 친구 K도 나와 별반 다르지 않아 퇴직할 무렵 적성에 맞는 민화 세계에 뛰어들어 열정적인 시간을 즐기고 있다.

　내 안의 가장 깊은 층위를 깨워 일으키는 수필과 예술혼을 불태우는 K의 민화로 달궈졌던 우리의 시간이 여무는 계절이다. 계절에 묻어오는 신호는 단순하다. 올 때가 되면 오고 갈 때가 되면 가는, 그 정연한 이치를 사계절이 다녀가며 온갖 빛과 소리로 말한다는 걸 이제야 조금씩 알아듣는다. 가을이 깊다. 나의 열매 얼마나 깊은 맛 들었을까. 겨울을 준비하는 마음 곁에 가을부채를 가만히 걸어놓는다.

뒷모습에서 읽는다

앞서 걸어가는 노부부를 무심코 따라 걸은 적이 있다. 오래도록 함께 살아왔을 그들의 뒷모습을 통해 나는 상상 속에서 많은 이야기를 듣고 있었다. 생의 어떤 우여곡절을 겪었는지는 몰라도 은발의 나이에 이르도록 부부가 함께 걸을 수 있다는 것만으로도 아름다워 보였다. 그들의 발걸음은 무엇인가를 향해 앞으로 내딛는 게 아니라 그들 등 뒤로 멀어져간 시간을 향해 있는 듯했다. 나는 얼굴도 모르는 그들을 따라가며 미처 헤아리지 못하고 지나쳐버린, 사소하면서도 소중한 것으로 가득하던 나의 시간을 돌아보게 되었다.

누군가와 마주할 때 앞모습에서 가장 시선이 먼저 가는 곳은 얼굴이고 눈이다. 얼굴은 한 사람이 살아온 삶의 집적이므로 잔주름 하나도 의미를 지닌다. 그러나 겉으로 보이는 표정으로 마음 속까지 들여다보려는 시도는 위험하다. 천 가지 표정도 담을 수 있다는 얼굴은, 좋은 의도에서든 아니든 자신의 의지대로 꾸밀 수 있고 상대의 시선을 의식한 표정을 지어낼 수도 있다. 점잖고 온화한 얼굴로 자신을 관리하는 사람이나 만면에 사람 좋은 웃음을 띠고 여러 사람과 어울리는 사람은 천성이 그런 줄 알기 쉽다. 하지만 그런 사람도 본인의 이해관계가 얽힌 일 앞에서는 가면 벗은 속내를 드러내며 등을 돌리는 경우도 적지 않다.

내가 사람의 앞모습만 보고 너무 믿는다면서, 사람은 돌아설 때야 비로소 참모습이 보이는 거라고 조언해 준 지인이 있다. 그렇다고 떠날 때를 미리 추측하며 인간 관계를 이어갈 수는 없지 않은가. 내 인생의 노트에 아름다운 기억으로 남은 뒷모습이 더 많다는 게 다행이라면 다행이다.

나는 열 살이 넘으면서부터 방학이면 외할머니 댁에 갔다. 하루 이틀은 시골 생활이 신기하다가도 사흘도 못 되어 집에 갈 궁리를 했으니 외가에 머무는 건 고작해야 일주일이었다. 그런데도 그 일주일은 이상한 힘으로 외할머니와 나를 묶어놓았다. 떠나는 날에는 눈물이 쏟아질 것 같아 아예 입을 떼지도 못했다. 흙먼지 날리는 찻길에 서서 버스가 보이지 않을 때까지 손을 흔들며 작아지던 할머니 모습. 버스 맨 뒷좌석에 앉아 소처럼 슬픈 눈으로 할머니 손을 바라보면서도 나 역시 돌아앉지 못했다. 그때 우리는, 말은 하지 않았어도 무의식 중에 서로에게 울고 있는 등을 보이고 싶지 않았는지도 모른다.

신혼시절, 주부 초년생인 내가 하는 요리는 모두 처음 만들어 보는 거였다. 내가 찌개를 좋아하는 남편 식성을 맞추지 못해 고민하는 걸 알고 가까이 지내는 선배 교사가 어느 날 퇴근길에 우리 집엘 같이 가자고 했다. 이런저런 재료를 들고와서 소매를 걷어부치고 자기네 부엌처럼 들어서더니 두어 가지 찌개를 후다닥 만들었다. 자기 살림만으로도 벅찬 처지여서 찌개가 다 끓기도 전에 식구들 저녁이 늦을 세라 허둥거리며 돌아가던 모습이 눈에 선하다. 나는 그날 선배의 뒷모습을 보며 그녀의 등에 가벼운 솜털 하나도 더 얹으면 안 될 것 같았다.

이십 대에 만나 십 년을 같은 직장에서 근무하던 선배였다. 멀리 떨어진 학교로 전근하여 헤어진 후로 우리는 이따금 전화나 메일로 안부를 주고 받으며 만나지 못하는 아쉬움을 달래곤 했다. 그러다가 타국에 살고 있는 우리를 정년퇴직 하고 남편과 같이 찾아 왔다. 3주를 함께 지내며 그들과 마주앉아 나눈 대화 중에 미래 시제는 거의 없었다. 먼 과거와 가까운 과거를 드나들던 어느 날, 우리는 서로에게 '당신은 기억 못하는 당신'에 관한 이야기를 했다. 내가 먼저 꺼낸 신혼시절 찌개 이야기에, "내가 그랬었나?" 하며 멋쩍어하던 그녀. 할머니가 된 선배의 굽은 등은 젊었을 적보다 더 푸근했다.

　얼굴은 입술로 눈빛으로 수없이 말을 하지만, 등은 닿을 때의 느낌으로 소통한다. 등을 쓸어주면 서러움도 두려움도 잦아들던 아련한 기억 속의 시간이 살아난다. 손바닥이 등을 가볍게 툭툭 치기만 해도 위로와 격려의 온기가 햇볕처럼 번진다. 아기를 업으면 업은 이의 등과 아기의 가슴이 체온을 나누며 교감한다. 얼굴을 돌려 외면하면 무관심과 앵돌아진 표현이 되지만, 등은 돌아앉았을 때조차 말 없는 말을 걸어온다. 등과 등을 맞대고 앉으면 상대편 심장의 박동을 통해 저편의 마음이 감지된다. 등은 그렇게 침묵으로 주고받는 언어의 터널이 될 수 있다.

　조금 더 먼 곳으로 시선을 돌려 저만치 지나가버린 등 뒤의 시간을 돌아본다. 흘러내리던 땀방울과 웃음소리와 눈물방울들이 보이고, 먼발치에 있는 그리움과 등에 붙을 듯 가까이 있는 사랑도 보인다. 내 등을 가만히 밀어주는 사랑이 있어 여기까지 올 수 있었구나. 그 사랑의 힘으로 등이 울고 있을 때조차 따뜻했구나. 지금 나의 등은 어떤 모습일까.

5

가볍지도
무겁지도 않은
향기로

내가 걷는 이 길은

산책하러 나서는 길. 현관문 열고 좌우를 둘러보며 걷고 싶은 길을 택하는 그 단순한 일이 이제는 신선한 의례 같다. 물론 처음부터 그랬던 건 아니다. 앞마당에 담장이나 대문이 없는 이곳 주택은 현관문을 열면 차가 다니는 길이다. 고국 도시에서의 주택은 현관문 열고 안마당을 지나서 나무나 철로 된 대문을 열어야 바깥세상을 만날 수 있었다. 하지만 이곳에서는 세상과 일종의 완충 역할을 한다고 생각하던, 현관문과 대문 사이의 공간이 생략된 채 문 열면 바로 바깥이고 사회다.

가정과 사회가 얇은 유리문 하나를 사이에 두고 있어, 외출할 때면 뭔가 준비가 안 된 상태로 불안스레 허공을 딛는 기분이었다. 익숙해지기까지 짧지 않은 세월이 흘렀다. 현관문 열고 호기심 반 설렘 반으로 밖을 기웃거리며 집을 나서는 순간을 내가 언제부터 좋아하게 된 걸까. 어떤 길을 걸을지 택하는 게 즐거운 건 어쩌면 정해진 코스 없이 걷기 때문인지도 모른다. 처음에는 건강을 위해 걷기 시작했는데 몇 년 계속하다 보니 걷는다는 자체를 온몸이 반기는 느낌이다. 아마 습관의 힘이리라.

집을 나서서 오른쪽은 봄이면 라일락 향기가 진동하는 윗동네를 지나 숲길로 이어지고, 왼쪽은 축구장이 있는 공원을 끼고돌아 옆 동네에 가 닿는다. 때로 계속 방향을 바꿔가며 새로운 길로 접어들기도 하고 때로는 생각 없이 같은 길을 맴돌기도 한다. 15년을 산 동네 길인데도 어제오늘이 다르고 눈에 들어오는 모든 게 새롭다. 차를 타고 다닐 때 보는 풍경과 걸어서 만나는 풍경이 그만큼 달라서 그럴까.

어제는 산책로 개울에 놓인 아치형 나무다리를 건너, 지대가 약간 높은 옆 동네로 올라갔다. 무심코 올려다본 나무에 머루 넝쿨이 까맣게 덮여 있었다. 올해는 머루 풍년인지 가는 데마다 탐스러운 열매를 달고 있었다. 딸까 말까 망설이다가 평화로운 공생을 떠올리며 더는 새나 동물의 겨울 먹이를 넘보지 말자고 미련을 접으니 발걸음이 가벼웠다.

발아래 개울 너머 펼쳐지는 우리 동네가 한눈에 들어왔다. 갈대숲 사이로 해가 설핏 기우는 오후 4시 무렵의 갈색 풍경이 얼마나 평화롭고 고즈넉하던지. 걸음을 멈추고 사진을 여러 컷 찍어 어제라는 책갈피에 접어 넣었다. 개울 따라 더 아래쪽으로 내려가면 양편으로 길게 늘어선 상수리나무를 만나게 된다. 늦가을이면 바닥에 도토리가 지천으로 널리는 곳이다. 다람쥐가 나무를 타고 오르는 게 보였다. 햇도토리는 아직 덜 여물었을 텐데, 하는 순간 보란 듯이 도토리 한 알을 챙겨 줄달음질 쳤다. 괜한 걱정을 했나 보다.

조금 더 걷기로 했다. 처음 가보는 동네 어귀에서 문득 걸음을 멈추고 올려다본 아름드리나무가 밝게 빛났다. 수령을 짐작하기 어려운 고목인데 샛노란 색으로 물들인 가느다란 잎을 가을바람에 흩날리고 있었다. 비슷한 연배의 나무들이 나이를 의식하지 않고 머리에 빨강 노랑 물을 들이고 어깨동무하고 있는 자유분방한 풍경이었다.

나도 한때, 아니 오랫동안 염색을 했다. 하지만 그때는 검은색으로 흰머리만 감추는 정도였지 저 나무들처럼 튀는 색으로 염색하는 건 상상도 못 하던 시절이었다. 교사라는 신분을 의식하여 평범하고 수수한 차림새가 몸에 밴 세월을 살았다고 할까. 그러다가 퇴직하고 이민 와서 난생처음 레드와인색으로 염색했다. 학교 그만두면 해보겠다고 벼르던 일이었는데 막상 해보니 별것 아니었다. 마음속에 가두고 살던 첫사랑을 만나고 돌아설 때의 심정이 그럴까, 허탈하기마저 했다. 꿈은 간직하고 있을 때 아름답다더니.

하지만 여행은 그렇지 않았다. 하면 할수록 새로웠고 해도 해도 지칠 줄 몰랐다. 캐나다에 발 디딘 해부터 그 이듬해까지 남편과 나는 자칭 안식년이라 이름 붙인 2년 동안 길에서 살다시피 했다. 궁금증과 설렘과 감동이 이어지는 여행을 통한 일탈의 시간은 이국땅에서 낯가림하던 나에게 더할 수 없는 위안이었다. 그 2년은 길에서 평생 배울 것을 다 얻었다고 할 만큼 다양한 경험을 한 기간이기도 했다.

안식년이 끝나면서 나는 글 쓰는 길로 들어섰다. 산책이나 여행이 우연과 운이 절묘하게 조합된 자유로운 행보라면 글 쓰는 길은, 더구나 수필 쓰는 일은 우연도 운도 아니고 자유롭지도 않다는 걸 실감했다. 길을 잃었구나 싶을 때 저만치에 새로운 길이 보이기도 하고 겨우 길을 찾았구나 싶으면 여러 갈래로 나뉜 길이 나타나기도 했다. 문학이라는 거대한 산을 바라보며 걷다가 길이 막혀 시커먼 산 그림자 앞에 우뚝 멈추어 설 때면, 다 내려놓고 도망치고 싶었다. 문학이나 인생에서 갈림길을 만났을 때도 산책길이나 여행길에서처럼 설레는 마음으로 즐겁게 선택할 수는 없을까.

고국에서의 생활이나 이민 초창기의 생활은 비록 다시 돌아갈 수 없는 고향처럼 멀어졌어도, 이따금 추억을 간직한 길이 되어

나타나며 혼곤한 인생의 오후를 달래준다. 가르치려고 애쓰는 공간이 학교였다면, 애쓰지 않아도 배우는 곳이 자연과 길 위의 여행이 아닐까. 어쩌면 삶에서 중요한 것은 현재 걷고 있는 이 길에서 무엇을 어떻게 보는가, 그것인지 모른다. 해 질 무렵 노트북을 덮고 길을 나선다. 양쪽 방향으로 열려있는 나의 길이 석양에 빛난다.

가볍지도 무겁지도 않은 향기로

늦게 핀 아름다움이 숲에 가득하다. 팝콘 터지는 소리가 왁자한 봄 숲. 군락을 이룬 아까시나무마다 팝콘 같은 꽃송어리들이 매달려 있다. 미처 여물지 못한 희끗희끗한 꽃망울을 달고 있더니, 이제 숲 어귀에만 들어서도 바람 따라 꽃 향이 무리 지어 몰려다닌다. 어린 시절에는 시골 나들이를 가야나 맡을 수 있던 향인데, 지금은 집 근처에 아까시나무 숲이 있어 봄이면 하얀 풍경을 앞세워 다가오곤 한다. 깊은숨으로 말초신경에 가 닿도록 욕심껏 향을 밀어 넣는다. 겨울을 견뎌내고 깨어난 봄 숲에서 내가 살아갈 한 편의 수필 같은 세상을 읽는다.

캐나다에 이민 와서 제자리 못 잡고 있을 때 우연히 마주친 아까시꽃. 황폐한 땅에서도 뿌리를 잘 내린다는 강인한 적응력이 이민자의 정신을 닮아서 더 친근하게 느껴졌을까. 그곳은 어딘지도 모를 곳에서 바람결에 실려 오던 꽃내음에 이끌려 들어선 오래된 동네였다. 나뭇잎 틈새마다 비집고 들어온 볕뉘에 신비를 머금은 꽃 향이 감아 들고 있었다. 우윳빛 꽃잎 사이로 겹겹이 들어앉은 햇빛을 보며, 저렇게 살 수 있다면, 문득 그런 생각을 했다. 저렇게 맑고 고아하게, 저만큼 조용하고 가붓하게 살 수 있다면. 그 노목들이 아까시나무였다.

한적한 주택가 앞마당에 줄지어 선 나무가 햇빛을 가리고 있던 그곳은 어스레했다. 그런데도 그 동네 풍경이 환한 인상으로 남은 건 하얀 포도송이처럼 매달린 꽃 색깔 때문이었을 것이다. 그날 나는, 하늘 저만치에서 실바람을 일으키며 내려오는 향기와 먼 기억의 회로에서 뿜어나오는 향내에 취해 어질어질하였다. 영원히 익숙할 것 같지 않은 남의 땅이지만, 약한 듯 강렬한 이 향을 붙들고 살면 살아지리라 싶었다. 불혹을 한참 지난 나이에도 바람 불 때마다 여전히 흔들리는 삶이기는 해도, 이 빛 속에서라면 괜찮을 것 같았다.

하지만 현실은 순박한 빛깔도 단아한 향기도 아니었다. 이민 오고 얼마 안 되었을 때, 가까운 친구로 지내자며 다가온 Q. 결국 몇 년 만에 결별하고 마음을 정리하던 날, 숲은 아까시꽃으로 난분분했다. 그날 나는 아까시나무 가시를 처음 보았다. 가죽도 뚫는 그 날카롭고 무서운 가시를. 아까시'나무에서 꽃이나 향이

아닌 '까시'만 떼어 놓은 듯한 Q와의 기억을 물컵 헹구듯 흘려보
낸 것은 아마, 결별의 진통을 겪고 봄이 몇 번 더 다녀가고 나서
였을 것이다. 그 후 혼자된 시간을 글 쓰고 책 읽으며 보내던 중
우연처럼 글 친구를 만날 수 있었다.

하얗게 변한 숲길 바닥이 폭신하다. 투둑, 꽃잎 하나가 어깨를
치며 떨어진다. 저기, 꽃이 온 곳이 저기로구나. 고개 들어 꽃잎
지던 허공을 보며 나는 S 문인을 생각한다. 고국에서 단독주택에
살 때 주변이 온통 아까시나무여서 봄이면 온 집안이 꽃 천지였
다고, 쓸어도 쓸어도 떨어져 쌓이는 꽃잎을 감당하기 어려웠다고
언젠가 그녀는 회상했다. 대청마루에도 장독에도 마당 세숫대야
에도, 하얗게 널어놓은 이불 홑청에까지 숨어들더라는 아까시꽃
이 내 마음에도 들어와 자리 잡은 모양이었다.

나도 잠시 그집 마당에 가 있고 싶었다. 하얗게 날리는 꽃바람
속에 앉아 있다 왔으면. 대청마루 찻상에 후득후득 내려앉는 꽃
잎과 눈 맞추고, 찻잔에 스며드는 향기를 마실 수 있다면. 저 스
스로 낙화를 멈출 때까지 하얗게 하얗게 쌓이는 꽃잎 속에 며칠
만 머물 수 있다면 싶었다. 의지가지없는 이국 삶의 여정에서, 그
녀는 젊을 적 그 시린 낭만을 얼마나 그리워했을까. 그때마다 얼
마나 가슴앓이를 하며 홀로 삭여야 했을까.

아까시꽃 몽우리가 뽀얀 피부로 피어나는 계절에는 혼자라도

외롭지 않다. 사람 냄새가 그리울 때 소리 없이 다가온 나무이고, 모난 곳을 보듬어 삶을 향한 따뜻한 시선을 회복하게 해준 꽃이다. 그저 그곳에 있음으로써 척박한 땅도 비옥하게 만든다는 나무, 치열한 삶의 현장에서는 가시를 세우다가도 노목이 되면 가시를 버린다는 나무다. 인간도 노인이 되면 저 노목의 성정처럼 온화함과 후덕함을 자연스레 지니게 되는 거라면 좋으련만.

허락된 공간만큼만 제 몸의 향취로 채우는 꽃의 질서를 보며 또 한 번 계절을 배웅한다. 마음에 들어와 갈무리된 그 화려하지도 칙칙하지도 않은 은은한 색조와 가볍지도 무겁지도 않은 검박한 향기로 내가 할 수 있는 일을 생각한다. 무시로 다가왔다 사라지는 일상의 자잘한 애증의 그림자를 지우고 펜 끝에 흐르는 조용한 시간을 응시한다. 나만의 빛과 향을 담은 언어가 풀려나오는 상상에, 나는 다시 펜을 들 용기를 얻는다.

바람이 분다, 날아라

　꼬리 없는 연이 하늘에서 춤을 춘다. 허공에 머물던 나의 시선이 연줄을 따라 내려와 어린아이를 데리고 나온 젊은 아버지에 이른다. 그의 손끝에서 연줄이 풀리고 감길 때마다 움직이는 연의 몸놀림이 예사롭지 않다. 예닐곱 살쯤 되어 보이는 아들 손에도 얼레가 들려있다.

　산책하던 걸음을 멈추고 연 날리는 가족을 바라본다. 불어오는 바람을 타고 흔들리던 꼬마의 연이 높은 나무의 우듬지를 넘어 올라가는 듯하더니, 별안간 곤두박질쳐 내려와 잔디를 스친다. 아들의 연을 띄우느라 잔디밭이 쿵쿵 울리게 뛰는 아빠를 따라서 같이 뛰던 소년이 숨을 헐떡이며 주저앉는다. 부자의 간절함을 읽기나 한 듯 연은 다시 떠오른다. 아들의 목표를 위해 곁에서 같이 뛰어줄 아빠가 있다는 것. 그게 살면서 얼마나 든든한 힘이 되는지 소년은 언제쯤이면 알게 될까.

저들처럼 우리 가족도 셋. 저마다의 연을 하나씩 갖고 태평양을 건넜다. 아들은 자신의 봄이 절정에 이를 때쯤 제일 먼저 연을 띄웠다. 지축을 흔드는 젊음에 초록 바람이 힘을 보태면서 얼레의 줄을 마냥 풀어 창공까지 올릴 수 있었다.

이어서 남편의 연이 올라갔고 나의 연을 올린 건 그의 연이 창공에서 긴 꼬리를 흔들며 자기 나름의 비행을 즐길 무렵이었다. 홀가분하고 자유로운 춤을 보는 듯했다. 고국에서 땀 흘려 얻은 것들을 내려놓고 떠나온 후 잠시 맛본 자유로움이었을 터. 나의 연은 겨우 조금 올라갔을 뿐인데도, 그쯤에서 내려다본 발아래 인간 세상이 장난감 같아 보였다. 얼레에서 풀려나오는 연줄의 한계를 벗어날 수 없는 연이지만, 높이서 내려다보니 달려들던 세상일도 별것 아닌 듯했다. 그래서인지 바람을 타고 높이 떠 있는 많은 연이 여유가 있어 보였다.

까마득히 높은 곳에서 곡예를 하는 듯한 연과 호수에서 끼룩거리는 갈매기 소리가, 먼 기억 속 우리 가족의 모습을 불러왔나 보다. 오래전에 읽은 리처드 바크의 〈갈매기의 꿈〉에 나오는 조나단이라는 이름을 가진 갈매기 생각이 났다. 소란스럽게 먹이를 찾는 데만 관심 있는 무수한 갈매기 무리에서 '비행(飛行)' 자체에 의미를 두던 갈매기였다. 자신의 한계를 뛰어넘어 높이 날면서 고된 연습을 거듭한 결과 꿈꾸던 비행과 활강에 성공했다. 하지만 예술에 가까운 그의 비행은 인정받지 못하고 오히려 질시의 대상이 되고 말았다. 그것이 소외를 넘어 추방으로까지 이어지는 부조리. 그것을 견뎌야 하는 경우가 어디 갈매기 세계뿐일까.

호수 위 하늘 끝에 작은 점 같아 보이는 새 한 마리의 비행이 외롭다. 고도의 비행 목표를 이루겠다는 집념 하나로 무리에서 뛰쳐나왔던 조나단을 닮은 새가 아닐까. 그가 남긴 평범한 말이 가슴을 울린다. "가장 높이 나는 새가 가장 멀리 본다." 높이 오르는 자가 멀리 볼 수 있다는 삶의 지혜를 생각하면 흘려들을 수 없는 말이다.

홀로 좌절을 딛고 시야를 확장하며 더 멀리 더 높이 비행하는 뼈저린 고독 속에서도 강한 정신력을 잃지 않던 조나단이었다. 숱한 시행착오 끝에 습득한 비행 방법으로 자신이 발견한 새로운 세계를 다른 갈매기들에게 전하려고 무리로 돌아가는 장면을 읽는 순간, 전율이 이는 느낌이었다. 그는 자기가 터득한 진실의 몇 분의 일이라도 다른 갈매기와 나누는 일이야말로 자기의 사랑을 증명하는 나름의 방식이라며 실천했다. 그 생각은 도를 깨우친 고승이 중생을 구하겠다고 저잣거리로 들어서던 기억에 가 닿았고, 경험을 자신에게만 국한하지 않고 넓혀가는 게 어떤 의미인지 알려주는 듯했다.

내 인생의 책갈피에는, 날고 싶어도 연줄을 감아내리고 쉬어야 하던 페이지가 들어있다. 바람을 견딜 만큼 나의 연이 튼튼하지 못했던 걸까. 무지막지하게 불어닥친 강풍에 휩쓸려 원치 않던 시간을 보낸 후 내 손에 다시 얼레가 쥐어지기까지 적지 않은 인내심이 필요했다. 나는 힘들 때면 '꿈을 줄 때는 그것을 이룰 힘도 준다'는 말로 나 자신에게 긍정의 최면을 걸며, 불어오는 바람에 몸을 맡긴다. 바람 때문에 힘이 들기도 하지만, 바람 덕분에 높이 오를 수 있다는 점을 잊지 말아야겠다. 중요한 점은 내가 가장 해보고 싶은 것을 추구하여 그것을 완성하는 과정이지 목표 자체가 아니겠기에.

조나단의 고단한 하루하루가 자아실현을 위한 변화와 도전의 연속이었음을 기억한다. 날고 있을 때라야 활력을 얻고 존재의 의미를 지니는 게 연이다. 연의 자유로운 춤처럼, 잠시 접혀있던 날개를 활짝 펴고 나만의 춤을 추고 싶다. 조금씩 오를 때마다, 내가 모르던 또 다른 새로운 세상이 펼쳐지리라는 기대로 두려우면서도 설렌다.

오늘이라는 시간을 얼레에 감았다 풀면서 연 날리는 광경을 바라본다. 연이 하늘 가득하다. 색깔도 모양도 다른 연만큼이나 각기 다른 저마다의 시간이 하늘을 난다. 어디에선가 바람이 분다. 내 손에 든 얼레가 묵직하다. 얼레의 줄을 조금 더 풀어야 할까 보다.

부엌에 흐르는 시간

나른한 봄볕이 어깨에 내려앉는다. 막 봉오리를 연 뒷마당 수선화에 눈길을 주면서도 마음은 점심 준비할 생각에 가 있다. 국수를 먹을까? 오늘은 국물 있는 잔치국수가 어떨까. 남편이 좋아하기도 하지만 뚝딱 삶아내면 그만인 국수는 만들기 쉽고 별다른 반찬이 없어도 된다는 이유로 요즈음 상에 자주 오른다.

아들이 결혼한 후 우리 부부만 남으니 식단이 더할 수 없이 간소해졌다. 아침은 간단하게 먹었다. 토스트에 달걀후라이, 갓 내린 커피면 충분했다. 마음에 점만 찍는다는 점심(點心)으로는 주로 국수를 삶았다. 이름만 다른 국수 중에 하나를 고르는 일이니 뭘 먹을지 고민할 일도 번거로울 일도 없다고 여겨서일까. 태양이 이글거리는 여름 날엔 얼음 띄운 냉콩국수가 상에 올랐고, 비 오는 날이나 눈보라 치는 날엔 뜨끈한 칼국수가 제격이었다. 속이 컬컬할 땐 냉면을 삶았고, 어쩌다 고국이 그리울 땐 한밤중에도 라면 봉투를 뜯었다.

물이 끓기 시작한다. 물방울이 올라가며 보글거리는 소리에 나도 모르게 정신을 빼앗긴다. 일상에서 맛보는 아름다운 소리다. 국수 삶는 물이 요동칠 때는 내 가슴도 소용돌이치며 한때 격정의 시간을 살던 기억을 불러온다. 그러고는 강말랐던 국숫발이 몸을 풀며 부드러워지는 시간을 무심히 지켜본다. 스스로 만든 원칙과 규정에 매여 필요 이상 옥죄고 살다가 나이 들면서 헐거워지는 내 모습을 보는 것 같다. 찬물에서 건져 대나무 채반에 가지런히 말아놓은 사리를 국수 대접에 하나씩 옮겨 담는다.

멸치와 다시마로 제법 바다 냄새가 배어든 국물로 토렴을 하는데, 오래 전에 내게 토렴을 가르쳐준 할머니 얼굴이 스쳐간다. 그립다. 지나간 시간 속에서 그리움이 아릿한 얼굴을 들면 손은 마냥 더뎌지게 마련이다. 볶은 애호박과 채썬 김치, 달걀지단을 고명으로 얹으면서 잔치국수 두 그릇을 점심 상에 올린다. 말없이 마주보는 두 그릇 사이로 잠깐 햇살이 다녀갔나 싶은데, 후르륵 소리에 얹혀 국수가락이 넘어간다. 봄햇살처럼 잠시 다녀간 듯한, 내가 걸어온 짧지 않은 세월도 이렇게 지나갔지 싶다.

내 기억에 자리잡은 어릴 적 부엌은 잠시도 한가할 틈이 없었다. 여섯 식구 밥상 차리는 일이 당연한 듯 매일 반복되었다. 물소리 가득한 한쪽에서는 늘 무엇인가로 김이 오르고 있고, 지글거리는 소리와 냄새가 출렁이고, 어머니 손은 쉴 새 없이 움직였다. 그러나 이제 아흔이 넘은 어머니의 부엌은 머지않아 문이 닫힐 것이다. 당신의 생이 외로운 침묵으로 서서히 닫혀가듯이.

간장 한 방울 된장 한 숟가락에도 줄줄 매달려 올라오는 손맛의 기억과 기억. 그리움이 빚어낸 음식으로 이국에서 허허로움을 다독이던 시간과 시간. 고국에서 전화로 알려주는 어머니의 조리법을 들으며 옛 맛을 더듬어 만든 음식은, 그러나 그때 먹던 그 맛이 아니었다. 하지만 그것으로도 없던 입맛이 돌아오는 걸 보면, 나는 음식을 통해 어머니와의 유대감을 이어가고 싶었는지도 모른다. 비록 그분은 이제 그때의 입맛도 손맛도 다 잃어버려, 당신 자신도 기억하지 못하는 손맛이 되어버렸지만.

나는 음식 만들 때면 어머니 생각을 한다. 식구들이 뭔가 먹고 싶다고 하면 말이 채 끝나기도 전에 부엌으로 들어서던 뒷모습이 눈에 밟힌다. 부엌은 그분 삶의 빛과 그림자가 고스란히 스며있는 공간이었다. 생활에 지쳐 흔들릴 때는, 옛 부엌을 떠올리며 그곳에서 만들어지던 음식 냄새를 맡기만 해도 허기진 마음을 달랠 수 있을 것 같았다.

부엌에 맴도는 국수 냄새. 냄새는 때로 깊숙이 들어있던 기억을 불러온다. 익숙한 냄새를 따라가다 보면 부엌에 다다르고, 밥상에 앉은 얼굴들이 보이고 귀에 익은 목소리가 들린다. 부엌은 음식을 통해 가족을 밥상으로 불러모으고 마음을 하나로 응집시키는 공간이다. 보고 듣고 맛보고, 냄새 뿐 아니라 그때 느끼던 모든 표정과 감각이 단숨에 읽혀지는 익숙한 공간. 그 풍경이 한꺼번에 살아나면서 기억 속에 묻혀있던 감정이 호출되고, 그것이 현재의 감정에 덧입혀지기도 한다.

내일은 마음에 어떤 점을 찍을까. 아침과 저녁 사이 햇살 가득한 시간에 조촐하게 준비하는 점심이다. 맛이 있어도 없어도 맛있게 먹어줄 한 사람, 같이 먹을 사람이 옆에 있어 부엌이 움직인다. 바깥에서 불어오는 피할 수 없는 바람에 때로 속을 끓이다가도, 냉수에서 몸 풀고 헤실거리는 국수가락을 보며 시름을 잊던 부엌에서의 시간을 오래 붙들고 싶다. 나에게 부엌은 그런 곳이다. 내일도 식탁에 오른 국수 그릇이 비워질 때쯤이면, 세상 근심 덜어낸 넉넉함으로 늦은 오후를 가볍게 채워갈 수 있으리라.

껍질 없이 태어난 몸

봄은 언제 오려나. 긴 겨울 꼬리에 매달려 잠시 방문한 듯한 봄. 비만 좀 흩뿌려도 새로 움튼 싹이 부쩍 클 텐데. 창백한 태양 주위로 잿빛 구름이 두께를 더해간다. 자잘한 나뭇잎들은 순한 바람에도 방향을 잃고 팔랑거린다. 텃밭을 기웃거리다 보면, 해마다 모종을 새로 심는 것도 아닌데 부푼 흙 사이로 작년에 떨어진 상추나 깻잎 씨앗에서 새끼손톱만 한 싹이 올라온 게 보인다.

사람처럼 식물도 남의 흙에 뿌리 내리기가 어려운지, 한국 토종 작물 키우는 일은 실패를 거듭한다. 식물이 알맹이라면 뿌리를 담는 토양은 알맹이를 보호하는 껍질인 셈인데 흙이 문제인 모양이다. 오이도 호박도 서양 품종들은 잘 자라는데 조선오이나 애호박은 고전을 면치 못한다. 지렁이 많은 검은 흙인데도 열무나 순무 같은 것은 제몸에 질긴 심을 박는 방법으로 낯선 환경에 저항한다. 어디서든 적응하지 못한 사람이 그렇듯이 식물세계도 별반 다르지 않은가 보다.

뒷마당 잔디를 깎아놓기 무섭게 새들이 날아와 잔디를 콕콕 쪼아댄다. 한번 쪼면 길다란 지렁이 한 마리가 부리에 대롱거린다. 흙이 부풀어야 숨을 쉬고 숨을 쉬어야 식물이 뿌리를 편히 내린다. 알고 보니 흙이 부푸는 건 지렁이의 힘이다. 겉모습이 징그럽다며 고개를 돌리던 내가 지렁이를 담담하게 볼 수 있게 된 건 그리 오래되지 않는다. 나이와 품격이 비례하지 않는 것처럼, 나이를 먹는다고 저절로 되는 일은 그리 많지 않은 듯하다.

멋모르고 찍은 호미질에 반토막 난 지렁이가 몇 차례 몸을 뒤틀며 요동치더니 움직임을 멈춘다. 무거운 침묵 속에서도 아직 할 말이 있다는 듯 몸을 몇 번 더 꿈틀거린다. 아직 살아있구나. 어쩌면 좋단 말인가. 생명이란 그리 쉽게 죽어지는 게 아니라고, 한번 받은 생은 어떻게든 살아내야 한다는 몸부림 같다. 다행히 죽지는 않았다. 다행히, 라니 그게 다행인가. 피한다고 될 일도 아니다. 맨살로 세상을 견뎌야 하는 지렁이가, 몸뚱이를 잘린 채 바닥을 기어가고 있다. 볼수록 겁이 나고 손끝이 떨린다. 배밀이로 바닥을 기던 조상들의 시간을 인장처럼 새긴 채 자자손손 진화한 몸뚱이를 까딱없이 밀고 간다. 평생을 껍질도 없이 배밀이로 기어야 하는 삶도 모자라 반토막 몸으로 살게 만들다니.

인간의 성장과정에도 배밀이하는 시기가 있다. 엎드린 자세로 기어갈 정도의 팔 힘은 못 되고 일어나 걷기에는 너무 이를 때 하는 게 배밀이다. 눈 앞에 보이는 것은 닿을 듯 가까운데, 손끝이 미치지 않아 용을 쓰다가 스스로 터득하게 되는 방법이다. 잠깐 겪는 과정이라는 걸 알면서도 바라보는 마음은 편치 않다. 번쩍 들어서 손에 쥐어주고 싶은 걸 참는 일이 얼마나 어려운지 모른다. 오체투지로 순례의 길을 나선 수도승이나 순례자의 땀방울을 지켜보는 일도 마찬가지다. 하지만 그런 경우는 특별한 목적이 있는 한시적인 행위다. 업보처럼 운명을 등에 묶고 평생을 배밀이로 살아야 하는 지렁이의 경우와는 다르리라.

맨몸으로 태어나도 갖가지 겉옷을 걸치고 사는 인간과는 달리 지렁이는 세상을 속살로 맞서야 한다. 달팽이나 거북이처럼 껍데기 속으로 몸을 감출 수도 피할 수도 없는, 무방비로 노출된 삶이다. 타고난 운명에 순응하는지 투항하는지 여린 살갗 속에 그 흔한 심이나 가시 하나 없다. 지렁이의 배밀이를 지켜보니 껍데기가 얼마나 소중한지 알 것 같다. 정신이 중요하지 겉이 뭐 그리 중요하냐고 겁없이 오만하던 시절이 한때 있었다. 그건 황혼에 이르는 나이까지 서툴게나마 기어올 수 있던 게 껍데기 덕이라는 걸 모르던, 젊을 적 이야기다. 드러내기 부끄러운 속내를 슬그머니 가려주는 것도 껍질이고, 유약한 속살 다칠 세라 보호하는 것도 껍데기이건마는. 인생은 그 나이에 이르러서야 알 수 있는 신비로운 여정이고, 그 나이에 이르러서도 알 수 없는 미로다.

물질이냐 정신이냐, 껍데기냐 알맹이냐를 놓고 겨루고 갈등하던 젊음이었다. 여기까지 와보니 껍데기와 알맹이가 둘이 아니더라 싶다. 담을 주머니가 없다면 평생에 걸쳐 알찬 알맹이를 만든들 무슨 소용이 있겠는가. 몸의 기능이 하나씩 저하되는 나이에 이르면 그것이 더욱 분명해진다. 육신의 건강이 얼마나 소중한지, 몸이라는 주머니가 있어야 삶 자체를 견딜 수 있는 것을. 껍질 없이 태어나 맨살로 견디는 지렁이의 삶이, 봄날 나른해진 나의 정신을 내려친다.

내리사랑

건강해 보이는 태양도 때로 창백해지듯이 아침 해는 붉은 빛을 잃은 파리한 모습이었다. 어둠 속에 웅크린 채 밤을 새우던 시간이 느릿느릿 지나가고 날이 밝았다. 어젯밤에 아들이 야간 축구 경기 중에 다쳐서 응급실에 있다는 연락을 받았다. 달려간 병원 응급실에서 마주친 아들은 제 다리의 두 배가 되게 부어오른 다리로도 부모를 안심시키려고 억지웃음을 웃었다. 부러진 다리에 임시로 깁스를 하는 응급처치만 받고 집에 돌아가 병원 스케줄에 따라 수술 일정을 기다리는 수순을 밟아야 했다.

수술 당일 오전에 병원에 도착하여 수술실 들어가기까지 네 시간이 넘게 또 기다려야 했다. 아들이 다시 걷고 뛸 수만 있다면 하는 어젯밤의 간절한 기도를 되풀이하며 기다리는 동안 마음을 다스릴 뿐 내가 할 수 있는 일이라곤 없었다. 아들은 퉁퉁 부은 다리에 수시로 통증이 찾아오는지 고통스러운 표정이었다. 나는 그나마 골절상이어서 말이라도 할 수 있는 걸 불행 중 다행이라 여기며 밀려드는 불안감을 애써 잊으려 했다.

아들 이름이 불리고 수술실에 들어간 후로는, 세상 모든 것이 호흡을 멈춘 듯했다. 한 시간이 지난 것 같아 시계를 보면 겨우 몇 분이 지났을 뿐. 나는 시간의 무게를 무섭도록 실감하며 무기력하게 앉아 있었다. 화면에 뜬 아들 번호 옆에는 아직도 분홍색 '수술중'이라는 글자가 반짝였다. 뼈가 대체 얼마나 부서졌기에 이리 시간이 걸리는 걸까. 노란색 '회복중' 까지의 거리가 몇 광년은 되는지 색깔은 좀체 바뀔 줄 몰랐다.

응급실에서 보았던 엑스레이 사진이 떠올랐다. 조각난 뼈를 긴 철심으로 잇고 군데군데를 나사로 조여놓은 사진. 아들의 다리가 아니라 물건의 조립품 같아 보이던 흑백 필름이 눈에 아른거려 다른 생각을 할 수가 없었다. 눈을 감았다 뜨면 수술이 잘 끝난 미래 시간으로 훌쩍 바뀌어 있기를. 뭘 하면 가슴 졸이는 이 시간을 잠시라도 잊어버릴 수 있을까.

위급한 상황에 겁이 나면 모래에 머리를 파묻고 두려움의 실체가 지나가기를 기다린다는 낙타를 기억해냈다. 낙타는 그 행위로 정말 두려움을 극복하고 위안을 받을까. 낙타도 생각주머니의 중요성을 아는지 몰라도 머리만 기능을 멈추면 모래 밖으로 드러난 큰 몸집이야 어찌 됐든 잠시 두려움을 잊는지도 모른다. 나도 낙타처럼 머리라도 묻을 모래가 있다면. 낙타도 될 수 없던 나는 아무리 힘든 시간도 어김없이 지나가더라는 말에 기대어 뜬 눈으로 시간을 견뎌야 했다.

친정아버지 수술 때 생각이 났다. 그때도 지금만큼이나 긴 시간을 대기실에서 보냈다. 기다리는 동안 불안과 두려움에 사로잡혀, 시간은 움직일 줄 몰랐다. 지금 진행 중인 아들의 수술보다 더 불확실하고 더 복잡한 수술이었다. 가녀린 희망의 빛이 무지막지한 절망의 빛을 뚫을 수 없었던지, 아버지는 결국 그 어려운 수술 끝에 겨우 한 달 남짓 지나 생의 문을 닫으셨다. 이미 삶의 소실점 가까이 다가간 아버지에게 그만한 대수술이 과연 필요한지 갈등하던 시간은 그렇게 덧없이 끝나고 말았다.

누군가 쥐어준 커피를 몇 시간째 손에 들고만 있을 뿐 차갑게 식는 줄도 몰랐다. 자식 사랑이란 이런 것인지. 아버지 수술 때는 진종일 굶어 비틀거리자 그 와중에 먹는다는 것이 원망스러워 목이 메면서도 밥을 꾸역꾸역 넘기던 생각을 했다. 내리사랑은 있어도 치사랑은 없다는 말이 맞기는 한가 보다. 부모를 향한 사랑에는 소홀했다는 자책감 때문인지 몸이 여기저기 욱신거렸다. 자식이 아플 때는 뜬눈으로 지새면서도 아버지 간병할 때는 쏟아지는 졸음을 이기지 못했고, 연로한 부모님을 두고 이민을 감행할 때도 내게는 자식이 우선이었다.

마침내 화면에 회복중이라는 노란 불이 켜졌다. 몇 시간만인가. 신호등이 노란 색으로 바뀌면 달리던 차들이 일단 멈추듯이, 아들 이름 옆에 노란 불이 들어오자 달려들던 긴장과 불안감이 잠시 주춤했고 비로소 나는 안도의 숨을 가늘게 내쉴 수 있었다. 노란 불에 이어 초록 불이 켜지면 차가 달리는 것처럼, 수술에서 회복되었다는 신호가 반짝이면 아들도 달릴 수 있으리라는 기대를 품게 될 것이다.

초록 빛으로 바뀔 때까지 또 얼마의 시간을 견뎌야 할까. 아들은 젊으니까 회복이 빠를 거라며 나이에 기대어 본다. 회복 후에도 기도를 멈출 수 없으리라. 수술이 잘 끝났기를, 어서 걸을 수 있기를, 뛸 수도 있다면, 하면서. 자식을 위한 부모의 기도는 끝없는 현재진행형이다. 그러나 부모를 위한 기도는…, 아무리 간절해도 시간이 기다려주지 않는다는 걸 모르기야 할까.

밥이나 먹는지

강추위에도 거리는 인파로 붐볐고 차도도 복잡했다. 시내에서 서행 운전하다가 빨간 신호 앞에 정지했을 때였다. 횡단보도를 건너 인도로 올라서는 곳에 노숙자 한 사람이 앉아 있었다. 담요를 두르고 지하철 환풍기 위에 자리 잡고 있기는 해도, 이런 추위에 맞서기에는 어림도 없어 보였다. 간간이 흩날리는 눈발도 그렇지만, 기온이 영하로 내려간 데다가 바람이 매서워 보행자들도 종종걸음치게 되는 날씨였다.

이 추위에…, 저러고 있다는 걸 가족은 알고 있을까. 누군가의 아버지이고 남편이며 누군가의 아들이련마는. 자식이 이런 날씨에 끼니도 제대로 해결하지 못하고 한데서 잠을 잔다는 걸 알면 부모 마음이 어떨까. 소식 끊어진 아들을, 남편을, 아버지를, 그의 가족은 어떻게 견디고 있을까. 싫어도 힘들어도 끊어버릴 수 없는 관계가 가족이다.

　가족이라는 그 끈끈한 유대감 때문에 오히려 더 무겁고 힘들어서 일시적인 원망과 포기와 체념도 했었을 테고, 어떻게 해서라도 잡아볼 걸 하는 자책과 후회도 번갈아 넘나들었으리. 가치관의 차이는 피를 나눈 가족 사이에서도 극복할 수 없는 벽이 될 수 있다. 결국은 "밥이나 먹었을까…" 하며 한숨짓는 장면이 눈에 그려졌다. 서양 사람들도 비슷한지 모르겠지만, 우리네 정서로는 '밥은 먹는지'가 우선 떠오르는 마음 아닐까 싶어서다.

　언젠가 고국을 방문했을 때 지하철 입구에서 실랑이하는 모녀를 보았던 기억이 밥이라는 단어를 타고 올라왔다.

　"넣어두라니까."

　"창피하게 왜 그래요…."

　"그러지 말고, 자아, 받어."

　"……."

　"밥이나 잘 챙겨 먹거라."

　멀찌감치에서도 들릴 만큼 큰 소리였다. 저걸 기어이 뿌리치면 노모의 심정이 어떨까 싶어 마치 내 일인 것처럼 조마조마했다. 나도 저런 적이 있었지. 못 이기는 척 받은 적도 있고 고집스럽게 거절하기도 했다. 내가 부모가 되고 나서야, 줄 때는 일단 받고 다른 방법으로 갚는 것이 지혜라는 걸 알았다.

하찮은 것 하나라도 주려는 것은, 그게 무엇이든 자식의 행보를 위한 부모의 조건 없는 응원의 몸짓이다. 그들 모녀의 속사정은 몰라도, 자신도 노상에서 좌판을 벌여 하루벌이 장사를 하면서 형편이 나으면 얼마나 낫다고 다 큰 딸에게 돈을 쥐여주며 끼니 걱정을 할까 싶었다. 아니다. 딸보다 훨씬 궁색한 처지에 있어도 챙겨주고 싶은 것, 그게 부모 마음이리라. 노인에게 그 딸은, 아무리 나이를 먹어도 품어주어야 할 고슴도치일지 모른다.

장사하다 말고 일어서서 멀어져 가는 딸의 뒷모습을 바라보는 노인의 굽은 등이 펴질 줄 몰랐다. 무슨 생각을 했을까. 딸이 떠난 자리에 감돌던 공허함을 지우려는 듯 바람이 한차례 불며 흙먼지를 일으켰다. 좌판 앞에 앉아 먼지 풀썩이는 길거리에서 늙어왔을 노모의 굵은 주름 사이로 내려앉는 햇볕이 언제부턴가 미지근하게 식어있었다.

친정엄마 생각이 났다. 엄마도 꼭 저 노인 같았다. 출가한 딸들이 굶고 사는 것도 아닌데, 만날 때마다 뭐라도 먹여 보내고 손에 들려 보내야 안색이 환해지며 흐뭇해했다. 부모 마음이 다 그렇다 해도 유별날 정도였다. 엄마에게는, 자식이 원하는 것보다는 엄마가 주고 싶은 것을 엄마가 주고 싶을 때 엄마 방식으로 주는 게 사랑이었고, 그걸 고분고분 받아야 효도였다. 요즘은 행복한 노후를 보내려면 딸이 있어야 한다는 세상이지만, 그 시절에는 아들을 낳아야 했는데 그 아들이 없었기 때문이라며 애꿎은 시대 탓을 해본다.

나도 아들 며느리가 집에 다녀가는 날엔 음식을 만들어 주거나 사 뒀던 물건을 줄 때가 가끔 있다. 잘 먹겠다고 고맙다며 덥석 받아 들면 음식 장만하면서 힘들었던 게 언제 그랬나 싶게 사라진다. 아이들에게 무엇인가 주고 돌아서면서 내가 더 행복할 때면, 그때 우리 어머니도 이런 심정이었겠지 싶다. 주는 행복이 받는 행복보다 깊은 맛이 있다더니.

기꺼이 받는 것도 효도다. 그러니까 너무 안 받는 것도 불효라는 말이다. 친구 사이에서도 주고 싶은 마음을 받지 않으면 서운할 수 있는데 부모 마음이야 말해 무엇할까. 그러던 부모도 자식이 장성하면 자식에게 의존하게 되는 시점이 있다. 늙고 병든 부모의 뿌리가 조금씩 흔들릴 무렵 자식의 삶이 뿌리를 내리게 되면 어느 순간 보호자의 역할이 바뀐다. 부모님께 보호자로서의 내 역할이 필요할 때 나는 고국을, 내 부모 곁을 떠났다. 길에서 만난 모녀의 실랑이에, 그래서 내가 그렇게 가슴 뻐근했었는지 모르겠다.

아흔 고개를 넘어 혼자 살다 보니 끼니 해결하는 것도 보통 일이 아니라는 엄마와 통화할 때, 나는 밥 인사로 말문을 열곤 한다. 타국에서 내가 할 수 있는 일이라고는 전화로 목소리 들으며 밥 인사나 나누는 게 고작이다. 이틀이 멀다고 전화하는데도 마치 몇 년 만인 것처럼 반가워하는 엄마 목소리에, 나는 그만 평온하던 마음을 놓치고 만다. 하루하루를 살아내는 노모의 시간이 아슬아슬하다. 밥이나 잘 챙겨 드시는지.

침묵할 때 찾아오는

사진으로만 보던 폭포를 찾아 나선 초행길인데도 내비게이션의 안내로 어렵지 않게 목표 지점까지 왔다. 숲길로 접어들면서 시작된 비포장길은, 처음 찾아온 우리 부부를 눈 반 흙 반인 옷차림새로 차분히 맞아주었다. 출발할 때는 화창한 초봄 날씨였는데 토론토에서 한 시간 반 거리인 그곳은 눈이 잔뜩 쌓인 한겨울이었다. 잿빛 구름이 두껍게 덮여 있어 하늘은 볼 수 없어도, 침엽수림 곳곳에 올라앉은 주먹만 한 눈송이가 마음까지 환하게 밝혀주었다.

안내 목소리를 따라 편하게 잘 도착했지만, 다 왔는데도 폭포 물줄기는 보이지 않고 물소리조차 들리지 않았다. 남편은 분명히 여기 어딘데 이상하다며 오늘 여정의 성패를 구글맵의 손에 맡겼다. 화면을 아무리 확대해서 보아도 우리가 서 있는 지점과 폭포의 위치가 일치한다고만 할 뿐 웬일인지 더는 말이 없었다. 스마트폰에 의하면 그곳에 폭포가 있어야 했다. 나는 우리가 왔던 길 전체를 되짚어보며 제대로 왔는지 잠시 의심했다.

우렁찬 소리를 내며 떨어지는 폭포가 나타나기 전까지는 아무리 똑똑한 기기도 실수할 수 있다는 의혹의 눈초리를 거둘 수 없었다. 역으로 생각하면 그만큼 그것의 위력을 믿어왔다는 의미가 된다. 결국 나는 스마트폰 속에 있던 친구를 불러냈고 코앞에 두고도 못 찾던 주차장 위치를 그녀가 보내준 지도로 금세 알아낼 수 있었다. 스마트폰에서 울리는 친구 목소리가 얼마나 반갑던지.

디지털 세상이라는 우주 공간에 우리는 모두가 보이지 않는 선으로 연결되어 있다. 예전에는 자신의 우주를 가슴에 품고 살았는데, 요즘은 손에 들고 다니면서 손가락 하나로 순식간에 지구 끝까지 도달할 수 있다. 이 작은 우주는 워낙 박식한 데다가 군말 없이 심부름을 잘하면서도 불평 한마디 없다. 언제 어디서든 궁금한 게 있으면 물어보고, 단상이 떠오르면 메모도 부탁하고, 눈으로 즐기는 여행도 하고, 음악이나 강의를 듣기도 하며 늘 함께 지낸다. 24시간 손 내밀어 도움을 받아도 부담 없다는 점이 큰 매력이다.

모양도 소리도 드러내지 않고 깊은 숲에 조용히 은거하던 폭포는 그렇게 우리 곁으로 왔다. 자기 이름은 Hogg's Falls라고 소개했다. 크지 않은 폭포였다. 넓지도 높지도 않았지만 가까이 다가가니 소리가 우렁찼다. 경사진 좁은 빙판길을 조심해야 하는 걸 알면서도 설산의 비경을 놓칠세라 내 손은 스마트폰 카메라를 바삐 움직였다. 쉼 없이 소식을 전하며 온갖 시중을 드는 친절한 디지털 기기를 내려놓고 나는 문득 산자락 숲길을 홀로 걷고 싶었다. 때로는 멈추어 선 듯한 시간의 공백도 필요하다. 오늘 만일 스마트폰이 없었다면 곧바로 친구를 호출해서 쉽게 답을 얻는 대신, 눈 덮인 숲속에서 오감을 활짝 열고 생각을 궁굴리며 한 걸음 한 걸음 목적지를 향했을 것이다.

잠시도 손에서 놓지 못하던 작은 우주를 닫으니 예상치 못한 큰 우주가 새롭게 열리는 기분이었다. 숲속의 정취에 젖어 자연의 세계와 교감하는 시간은 평화로웠다. 폭포의 물줄기를 곁에서 응시하는 동안 내 관념 속의 폭포 이미지가 바뀌고 있다는 걸 알아차렸다. 그 형상을 그림이나 글로 표현할 수 있다면…. 세차게 떨어지는 폭포에서 부드러움을 읽기는 처음이었다. 손이 시리고 추웠지만 마음이 따뜻해 왔다. 사람이든 사물이든 가까이 다가가 시간을 갖고 관심을 기울여야 그 대상에 온전히 집중하게 된다. 그 또한 사랑하는 여러 방법 중의 하나이리라. 시간의 여유와 마음의 여유가 있을 때 사랑의 뿌리를 깊이 내릴 수 있다. 인간관계에서도 뿌리 내릴 시간이 있어야 흔들리지 않듯이.

나는 겨울나무처럼 지니고 있던 모든 것을 내려놓고 맨몸으로 걸으면서, 등 뒤로 지나간 생각과 감정을 돌아보았다. 내가 그때 왜 그랬을까 싶은 일들이 보였다. 용기를 내지 못했거나, 알면서도 미뤘거나, 원하는 것이 몇 발짝 앞에 있다는 걸 몰라서였다. 어쩌면 엉뚱한 곳을 헤매기도 하고 눈앞에 두고도 의심하며 돌아서기도 했으리라. 한 발짝 때문에 놓쳐버린 우정이나 사랑도 있지 않았을까. 나는 모처럼 주어진 고요와 침묵 덕분에 내 안의 나를 만날 수 있었다.

자신의 내면을 들여다 보고 인생을 관조하는 여유를 갖기 어려운 시대이다. 어디를 가든 몸은 떠날 수 있어도 분신처럼 들고 다니는 네트워크 세상을 벗어나기란 쉽지 않다. 양적으로 넓게만 확장된 연결망 사이를 분주하게 드나들면서도 사고와 감정을 숙성시키고 성찰하는 여유를 가질 수 있을까. 갈수록 생활 속에 스마트폰 비중이 커지고 있지만, 어떻게 활용하느냐에 따라 삶의 질이 달라질 수 있다. 부피나 높이가 아니라 삶의 무게와 깊이를 생각한 하루. 비록 한나절에 불과한 시간이었어도 평온히 침묵할 때 찾아오는 귀한 벗들을 만날 수 있었다.

6

사막에서
뿌리를

커피, 그 잊을 수 없는

차 한 잔으로 하루를 여는 아침. 커피밖에 모르던 몸이 이제 몇 가지 차(茶)에 제법 익숙하다. 연잎차 향이 몸에 스며드는 동안 깊은숨 들이쉬고 내쉬며 마음을 가다듬는다. 무려 수십 년 전 기억이 안개처럼 피어오른다.

죽이 잘 맞는 친구 사이가 그렇듯, 커피와 음악이 한 공간에 같이 있지 않으면 뭔가 채워지지 않는 정신적 허기를 느끼던 시절이었다. 커피에 젖어, 친구 몇몇과 학교 근처 다방에서 하루가 멀다고 듣던 노래가 있다. 'You mean everything to me'. 그때 나에게 커피란 노래 제목 같은 의미 아니었을까. 세월이 가뭇없이 지났어도 그 음악을 들으면 그때의 어둑하던 분위기와 푹신한 의자, 낮은 천장에 하나씩 매달려 겨우 자기 테이블에만 불빛을 던지던 전등, 스무 살만이 가질 수 있는 감정까지 커피 향에 섞여

되살아났다. 내가 맛이나 제대로 알고 마셨는지 겉멋이 들어 무턱대고 좋아했는지 몰라도, 커피 없이 지낸 시간이 있었던가 싶다.

나의 그런 애정은 대학 졸업하고 발령받은 학교 근처에서 자취 생활을 하며 절정에 이르렀다. 끼니는 걸러도 커피와 책이 있어야 온전한 하루를 보낸 것 같았다. 마흔 중반에 만난 동료들마저도 커피잔을 들지 않은 나를 떠올리기 어렵다고 하는 걸 보면, 내게 커피는 가까이 의지하는 친구 같은 존재였다는 내 기억이 맞는 것 같다. 그때 나는 장거리 통근을 하다가 전근하여 집 가까운 학교에서 근무하고 있었다.

교무실 문을 열고 불을 켜면 밤새 기다리던 어둠이 도망치듯 사라졌다. 커피를 내리는 동안 텅 빈 교무실에 향이 퍼지는 호젓한 시간은 평화롭기 그지없었다. 물 끓는 소리와 커피 향과 나, 아무런 방해도 받지 않는 공간에 조용히 앉아 혼자만의 시간을 누렸다. 인도 사람들이 짜이 한 잔으로 하루를 열듯이 나는 아침 고요 속에 홀로 마시는 커피로 나의 시간을 열고 싶었다.

선생님들이 하나둘 출근하기 시작할 때쯤이면 이미 그 향이 교무실 곳곳에 배어있었다. 문을 열고 그윽한 향을 깊이 들이마시며 행복해하던 그들의 미소가 따뜻한 추억으로 남았다. 커피 향 속에 3년 반을 근무한 그곳이 나의 마지막 학교였다. 나는 그것으로 교직이라는 생의 한 챕터를 넘기고 캐나다 이민 길에 올랐다. 낯설고 조심스러운 이민 생활에서 커피를 마실 때면 다가오는 그들의 미소가 얼마나 큰 위로가 되는지 모른다. 향기로 말을 걸던 그때를 내가 얼마나 값진 시간으로 간직하는지 숨겨 놓은 깨알 비밀처럼 감미롭다.

이민 와서 글을 쓰면서부터 커피는 물보다 가까운 사이가 되었다. 그렇게 십수 년이 지날 즈음 우연인 듯 어쩌면 벼르고 있었다는 듯, 갑자기 건강에 문제가 생겼다. 그 후에 이어진 폭풍 같은 일 년여 시간은 나를 참으로 많이 변화시켰다. 커피와 소원해진 것도 그 변화 중 하나였다. 커피 없이 내가 앞으로 얼마나 더 뜨겁고 차가운 시간을 살 수 있을까. 지난 일들을 하얗게 잊고 지내다가 문득 들춰보며 가슴 젖기도 하고 때로 그리워하기도 하면서 달라지는 시간의 온도에 맞추어 가게 될 것이다.

커피만 있으면 생각이 풀리고 마음이 다듬어져서 어떤 힘든 일도 어려운 일도 이겨낼 것만 같았다. 언제까지나 잃고 싶지 않은 소박한 즐거움이 있다면 그건 커피와 책과 여행이었다. 비록 녹록지 않은 현실인 줄 알지만 어떤 이유로도 그 즐거움을 간섭받거나 방해받지 않기를 바랐다. 그것만큼은 내 일상에 함께하기를 간절히 원했다. 하지만 그 또한 언젠가는 하나씩 포기하는 때가 찾아온다는 것을 배워가고 있다.

내 인생의 어느 페이지를 펼쳐도 냄새를 맡을 수 있을 정도로 커피는 내 삶의 곳곳에 흔적을 남겼다. 스물에 맺은 인연을 사십 년 넘게 이어오며 잠시도 떨어져 본 적 없던 친구였다. 커피가 나를 밀어냈든 내가 돌아섰든 이제 그와 함께하던 시간은 어찌해볼 겨를도 없이 과거 시제가 돼버렸다. 커피가 남긴 숱한 추억이 무시로 고개를 들 때면 낯선 세상에 나를 내려놓고 떠나버린 커피를 그리워하는 게 고작이다.

나의 정신을 지탱해주던 커피에 얽힌 모든 것을 마음 깊은 곳에 접어 넣는다. 아무려면 공복에 진한 블랙커피 마실 때의 그 짜릿함을 잊을 수 있을까. 음악, 책, 여행, 눈, 비, 가을, 겨울, 그 어떤 단어와도 조화를 이루며 방황하던 영혼을 위로하고 기도에 답을 주던 커피와의 기억만큼은 잊지 못하리.

"You are the answer to my lonely prayer~~", 어디선가 들려오는 이 노래다.

시저리 깻잎을 보며

가을이 시들어간다. 가을걷이가 끝난 뒷마당 텃밭에 스산한 흙
바람이 인다. 뭐가 그리 급하다고 벌써 누렇게 변했는지 썰렁하
고 황량하기 짝이 없다. 조붓한 밭이지만 여름내 상추와 깻잎, 피
망과 토마토가 자라고 오이와 호박 넝쿨이 울타리를 오르며 초록
생명으로 들끓던 곳이다. 잔디 틈새를 비집고 올라온 깻잎 싹을
발견한 건 밭에 흩어져 있던 푸성귀를 버리기 아까워 푸른 물이
남은 것을 추리고 있을 때였다.

스무남은 싹이 밭에서 꽤 떨어진 잔디에 구메구메 자라고 있
다. 작년에 수확하며 들깨씨를 털 때 아마 이리로 튀어온 것 같
다. 내가 고국을 떠나 캐나다 세상으로 날아왔듯이, 남들이 가는
길을 마다하고 미지의 세계로 튕겨 나간 것들이다. 안온한 텃밭
에서 자라던 것들과는 크기부터가 다르다. 양분이 많지 않은 흙

에 뿌리 내리느라 발육이 더뎠는지 크기는 아직 동전만 한데 하나같이 뒷면에 보랏빛이 분명하니 내뿜는 향만큼이나 의지도 강할 것이다.

어쩌다 제 고향 텃밭을 벗어나, 더구나 철 지난 지금에서야 낯선 잔디에 얼굴을 내미는 걸까. 제 친구들은 이미 흙을 떠나 밥상으로 터전을 옮겼다는 걸 모르는지 풋풋하기만 하다. 캐나다 겨울 추위가 어떤 줄 알고 저리 겁이 없는지. 저나 나나 한국 토종이긴 마찬가지인데 나는 왜 이리 심란한가. 겨울바람 불면 땅 위의 것들이 모두 숨죽여 봄이 오기를 기다리건마는 저렇게도 철을 모를까.

남들은 여덟 살이 돼야 가는 국민학교를 나는 일곱 살에 들어갔다. 3월 1일이 기준인 취학연령보다 생일이 열흘 늦어서 동사무소 직원에게 담배 몇 갑 건넨 덕에 한 해 일찍 학교에 들어갈 수 있었다고 했다. 어수룩하던 시절이니 그런 방법이 통했다며 얼마나 다행인지 모르겠다고 부모님은 회상하셨다. 첫아이에 대한 걷잡을 수 없는 사랑과 기대 때문이었겠지만 정작 나에게도 그게 '다행'이었을까.

그 나이에 일 년 차이는 다른 아이들과의 간극이 클 수 있다는 것을 예상했더라면. 그래도 그 담배 몇 갑이 필요했을까. 몸집이 비슷하다 해도 어릴 때 일 년은 정신적인 면에서 꽤 큰 차이가 났다. 더구나 수줍음 타고 꾀바르지 못해서인지 다 자랄 때까지

어리숙하다는 말을 들었다. 마음이 통하는 친구도 별로 없어 체감하는 추위는 매웠고, 무엇보다 학교 가는 재미가 별로 없었다. 나보다 일 년 먼저 꽃 피운 친구들을 뒤따라가기 버겁던 늦된 꽃망울이었다고 할까. 어쨌거나 나의 부모님은 끝내 그것을 눈치채지 못하셨다. 다행스럽게도.

시저리라는 단어가 철모르고 뒤늦게 뛰어드는 어리석은 사람을 비유하는 말이라는 걸 알았을 때 왠지 그 단어가 나를 가리키는 듯했다. 수줍은 성격 탓도 있겠지만 늦된 나를 드러내고 싶지 않아 조용한 아이로 성장하였는지도 모르겠다. 활기 넘치는 친구들 주변을 맴돌며 섞여들지 못하는 나를 품어줄 사람은 없어 보였다. 책을 친구 삼아 온기를 잃지 않으려 애면글면하던 시간은 부러 그러는 듯 느릿느릿 지났다. 고등학교 들어가서야 친구들과 보조를 맞춰 나란히 걷고 있다는 생각에 조금 가벼웠던가. 일찍 입학한 덕에 한 해 먼저 꿈을 실현하게 됐다는 긍정의 마음을 회복한 건 대학에 입학할 무렵이었다. 긍정이라기보다는 그렇게라도 따라갈 수 있었다는 의미였겠지만.

인생이란 바로 다음 페이지도 미리보기가 허락되지 않는다. 교직은 남들보다 먼저 발령받았다고 좋아하던 직장인데, 정년을 채우지 못하고 퇴직하면서 이민 왔고 문단에 발을 들여놓았다. 늦은 나이에 문학의 문을 두드려 설렘과 기대로 들어선 길이었다.

하지만 수필이라는 세계는 때로는 유리로 가로막은 창(窓)처럼 저쪽 어딘가를 슬쩍 보여주기만 하고, 때로는 견고한 벽으로 막아서며 인고의 시간을 살게 했다. 어떤 계기였는지 몰라도 내 의식 속에 시저리라는 단어가 더는 어리석음이 아니라 도전이라는 의미로 바뀌어 있었다. 무모한 모험인지 용감한 도전인지는 끝까지 가봐야 아는 거라는 옹골찬 생각도 하게 되었다.

뒤늦게 꽃망울을 올렸던 꽃들도 향기가 잦아드는 가을인데, 이것저것 재지 않고 싹을 올린 깻잎이 의연해 보인다. 한 달 사이에 어깨가 제법 넓어졌다. 아직은 덜 자란 아기 손바닥 만 한 깻잎 등 뒤로 가을 햇살이 내려앉는다. 그 앞에 앉아 말을 걸며 마음을 나누던 시간이 깻잎보다 나를 더 키웠는지 내 가슴에 넉넉한 훈기가 도는 걸 느낀다. 출발 신호가 울린 지 한참 뒤에 뛰기 시작한 내 모습을 보는 것 같아 가을 깻잎에 그리 연연하는가.

어쩌자고 한여름 볕이 물러간 이제야 세상에 고개를 내밀었는지 몰라도, 가는 데까지 가 보겠다는 당찬 의지를 보고 싶다. 다른 식물이 먼저 다녀간 가을 흙 속에 남은 양분 끌어모을 일이 아득하겠지만, 생이란 올되냐 늦되냐가 중요한 게 아니라 존재한다는 그 자체가 의미 있다더라. 햇빛 한 줌이 아쉬운 계절이다. 철 모를 때를 향수로 간직하는 내가 한 번 더 철을 잊고 내 안의 꽃을 피우고 싶은지.

다른 듯 같은 길

비행기 안에서는 그렇게 더디 가던 시간이 인천 공항에 발을 딛는 순간부터 빛의 속도로 변한다. 오늘을 시작으로 내가 고국에 머무는 맛있는 시간이 바람처럼 날아가리. 캐나다의 맑은 공기로 숨 쉬다가 밀도 높은 미세먼지 속으로 옮겨왔는데도 속이 탁 트이는 것 같다. 덩치 큰 아이들이 몰려있는 골목길을 겨우 벗어나 제집이 보이는 걸 의식한 아이가 느낄 법한 유치한 안도감인지. 그뿐인가. 어떤 곤경에 처하더라도 끄떡없이 잘 헤쳐 나갈 것 같은 근거 없는 자신감마저 고개를 든다. 내가 태어나 자란 곳이고 입만 뻥긋해도 알아차리는 내 나라 언어가 있다는 것, 아마 그 때문인지도 모른다.

그림자처럼 늘 그렇게 내 등 뒤를 지켜온 엄마, 내가 엄마 계신 곳에 다시 왔구나. 이번에는 엄마와 많은 시간을 보내겠다고 작심하고 왔는데 다른 약속이 집에 도착하기도 전부터 빼곡하게 줄을 잇는다. 내가 떠나 있던 시간만큼 그리움을 키워온 사람들이 만나자고 연락하면, 나는 자제력을 잃고 달려 나가서 시차도 못 느끼고 일정을 소화하기 바쁘다. 막역한 이들과의 만남에 그만큼 허기가 졌는지도 모르겠다.

엄마는 엄마대로 나랑 같이할 것들을 꼽아두셨다고 한다. 한의원 같이 가기, 함께 절에 다녀오기, 맛집 다니면서 딸이 좋아하는 맛있는 음식 '먹이기'가 그것이다. 서랍에 잔뜩 모아놓은 맛집 명함을 보며 딸을 잘 '먹여보내겠다'는 엄마의 결의를 읽는다. 한국 음식이 귀한 남의 나라에 살아서 그런지 엄마는 내가 맛있게 먹는 걸 볼 때 가장 흐뭇해하신다. 행복한 그 눈빛이 보고 싶을수록 나는 더 맛있게, 더 많이 먹는다.

엄마 친구의 소개로 알게 된 한의원에 갔다. 꽤 넓은 곳인데 환자들로 붐볐다. 접수하고 기다리는 동안 치료실 두 곳을 기웃거려 보았다. 놀랍게도 벽면 양쪽으로 길게 늘어놓은 의자에서 스무 명 넘는 환자가 마주 보고 앉아 침을 맞고 있었다. 침놓는 대형 공장에 들어선 듯한 당혹스러움을 느꼈다. 이렇게 침을 맞기도 하는구나. 침대에 누워서 편안하게 침 맞는 내 선입견을 한참 벗어난 광경이었다.

차례가 되어 엄마 이름이 불렸을 때 나는 보호자 자격으로 진료실에 같이 들어갔다. 엄마가 증상을 자세하게 설명하는 동안 의사는 재촉하는 기색도 없이, 그렇다고 열심히 듣는 것 같지도 않게 딴 데를 보고 있어서 건성으로 고개만 끄덕이는 것처럼 보였다. 곁에서 듣고 있다가 나는 그 많은 환자가 하나같이 할머니라는 데 불현듯 생각이 미쳤다. 아픈 증세뿐 아니라 신세타령까지 하는 노인들을 종일 상대하다 보면 저리 무덤덤해질 수도 있구나. 그 나이 되어 무릎 아프고 허리 아프지 않은 노인이 몇이나 될까. 그런 할머니들을 상대로 통증을 완화하는 침을 놔주고 하소연 들어주며 마음을 달래주는 것으로 보였다. 일종의 플라세보 효과를 염두에 둔 치료가 아닐는지.

진료가 끝나서 치료실로 가려고 일어서려는 순간이었다. 엄마가 갑자기 나를 가리키며 얘도 좀 봐달라고 했다. 얘라니? 나는 보호자로 따라왔는데 느닷없이 그게 무슨 말인가. 얘가 캐나다에서 왔는데 관절이 좋지 않아서… 라며, 여기까지 온 김에 딸도 좀 진료해 달라고 마치 애원하는 듯한 표정으로 말했다. 나는 엄마 말을 도중에 강경하게 끊으며 보호자로서의 내 역할을 분명히 했다. 웬만하면 엄마 기분을 맞춰드리고 싶었지만, 이 상황을 모면할 생각에 머리가 복잡했다.

의사가 진료를 권한 것도 아닌데 내가 필요 이상 단호하게 거부한 것 같아 머쓱했다. 노련한 의사 선생님 덕분에, 대책 없는 할머니가 되어버린 엄마와 별 마찰 없이 돌아올 수 있었으니 다행인가. 이번 방문 동안에는 무슨 일이 있어도 엄마 마음을 거스르지 말자, 나는 작년보다 훨씬 작아진 엄마를 보며 속다짐을 하고 또 했다.

나이 아흔이 넘어도 자식 일은 당신이 앞장서는 게 엄마의 의무라고 여기는지. 문제는 내가 원하는 방식이 아니라 당신 방식으로 해결하려고 한다는 점이다. 나라고 뭐가 다를까. 나 역시 엄마 입장이 되어 그분이 진정 원하는 대로 하기보다는, 내 식으로 해드리고 내 딴에는 효도를 했다고 착각하는 게 아닌지.

소용돌이치는 격랑의 시대를 경험한 엄마와 불안정하지만 풍요로운 환경에 익숙한 세대에 속해 있는 딸이다. 같은 시대의 정서를 공유하기 어려운 모녀 사이가 아닌가. 그 차이를 인정하고 있는 그대로의 모습을 이해할 수 있으려는지. 마음만 앞설 뿐 내가 온전히 엄마 입장이 되지 못하는 것처럼, 엄마도 내 입장이 되어 헤아리기는 어려운 것이리라.

엄마를 볼 때마다 마음이 젖는다. 캐나다로 돌아갈 날은 소리 없이 다가오고 우리는 애써 그것을 모르는 척 행동한다. 자칫하면 관심과 사랑이라는 이름으로 선을 넘기 쉽다. 비록 서로 어긋난 방식 때문에 때로 힘들어하면서도, 그 보이지 않는 사랑 때문에 마음이 저릿한지. 엄마와 나는 오늘도 그렇게 다른 듯 같은 길을 걷고 있다. 피를 나눈 사이인데도 서로의 기질에 따라 각기 다른 방식으로 사랑을 하고 싶은가 보다. 이렇게라도 함께할 수 있는 시간이, 우리에게, 얼마나 남았을까.

별빛이 전하는 소리

　밤하늘에 달과 별이 없다면 사랑이 낭만일 수 있을까. 문학 세계는 얼마나 삭막할까. 구름 없는 밤, 뒷마당에서 우연히 올려다본 하늘에 별빛이 선명하다. 북극성이 저기 있으니 작은 곰별 자리도 저기 어디쯤이겠지. 저렇게 많은 별을 마음에 들여놓았더라면 오래전부터 신비로운 이야기를 숱하게 들었을 텐데. 매일 달라지는 달빛은 마음을 반영하는지, 내가 힘들고 지쳤을 때는 달빛도 파리해 보이고 우윳빛 달을 보면 덩달아 마음이 넉넉해진다.

　어릴 적에 나는 별자리 이름을 외우다가 기억이 안 나면 도화지에 수없이 점을 찍어놓고 마음 가는 대로 연결하여 이름을 붙이고 놀았다. 별자리 이름은 그림을 그릴 때마다 달라졌지만 북극성은 늘 북극성이었다. 내가 알아 볼 수 있는 유일한 별이었는데, 길을 잃으면 방향을 알려주는 별이라는 말을 듣고부터 북극성은 나의 별이 되었다.

숲길을 걷고 있을 때였다. 늘 걷던 익숙한 길을 벗어나 새로운 길을 가보기로 했다. 시작은 좋았다. 비포장도로 숲길은 떨어진 솔잎으로 덮여 있어 폭신했고, 활짝 열린 숨구멍을 통해 자연의 숨결이 드나드는 싱그러움이 아스팔트 산책길과는 사뭇 다르게 느껴졌다. 길을 걷다가 작은 들꽃이 눈에 띄어 가까이서 보려고 무릎 세워 앉을 때면 지나가던 바람도 곁에 와서 같이 들여다보는 듯했고, 바깥세상과 달리 숲에서는 모두가 나의 속도와 리듬에 맞춰 주는 것만 같았다. 그렇게 한 시간쯤 걸었을까, 주위가 어둑어둑해졌다.

돌아가야 할 시간이었다. 갈림길이 없어 한 길로만 계속 걸었으니 그대로 되짚어가면 우리 차를 세워둔 주차장이 나오리라. 올 때와 똑같은 길로 가면 지루하다며 남편이 샛길로 접어들었다. 지리에 밝은 사람이라 뒤따라가면 걱정할 건 없어 보였다. 하지만 걸어도 걸어도 길은 보이지 않았다. 사람 흔적이 끊긴 곳, 여기가 어딘가.

어두워지면 길을 찾기가 더 어려울 터였다. 인적 드문 숲에서 야생동물이 가끔 발견된다는 기사를 읽은 기억에 더럭 겁이 났다. 날씨가 추워지면 생각마저 닫히는지 아무 생각도 할 수 없었다. 모든 것을 다 차에 두고 빈손으로 왔으니 믿는 건 휴대전화뿐. 지금처럼 스마트폰이 있었더라면 손전등은 물론 길 안내 기능까지 있는데 무엇이 걱정일까. 여차하면 전화로 경찰에 도움을 호소할 수는 있겠지만, 우리가 서 있는 이름도 없는 숲길 위치를 무슨 수로 설명한단 말인가. 초승달도 겁에 질린 듯 창백했고 길은 갈수록 어두워졌다. 자신감 넘치던 남편도 아무 말없이 걷기만 했다.

깜깜한 숲길을 걷다가 우연히 올려다본 하늘에 별빛이 영롱했다. 아아, 저 별, 내가 찾아낼 줄 아는 유일한 별. 멀리서 북극성이 빛나고 있었다. 나와 거의 동시에 별을 발견한 남편은 북극성만 있으면 문제없다고 갑자기 큰소리치면서 나를 안심시켰다. 사람 마음이 간사하다더니 북극성에 마음을 의지하자 모든 게 달라 보였다. 울음을 터뜨릴 것 같던 초승달은 실웃음을 웃는 듯했고, 못 미덥던 남편이 마치 나침반이나 된 것처럼 든든해 보였다.

집에 돌아와 컴퓨터로 지도를 검색해 보고서야, 도로가 끊긴 걸 모르고 점점 숲속 깊숙이 들어가는 바람에 방향 자체를 종잡지 못했다는 걸 알았다. 인생길도 다르지 않으리. 이정표나 지침서가 있는 게 아니니 노래 가사처럼 '어디가 숲인지 어디가 늪인지' 모르고 걷다가 길을 잃기 십상이다. 하지만 인생길도 밤길도 방향감각만 잃지 않으면 에둘러 가더라도 원하는 목적지에 이를 수 있다. 자기 내면에 있는 나침반을 볼 줄만 안다면.

며칠 후, 가로등 없는 시골길을 지나는데 주먹만 한 별빛이 사방에서 쏟아져 내렸다. 어둠과 별빛뿐인 적막은 낭만으로 다가왔고, 나는 별들이 전하는 말에 귀 기울일 수 있었다. 인간의 가시 능력과 가청 범위 너머에 있을 그 알 듯 모를 듯한 별들의 신비스러운 암호는 내가 모르는 또 하나의 세계였다. 알지는 못해도 느낌으로 존재하는 것들이 있어 삶이 풍요로울 수 있는 게 아닌지.

수많은 별 중에 유난히 밝게 빛나는 북극성을 바라보고 걷던 시간. 길 없는 길을 찾아 헤맬 때 내 삶이 방향을 잃지 않게 비춰 주며 여기까지 함께하던 빛. 나를 문학이라는 숲으로 이끌어 준 길잡이 별빛이기도 하다. 잊으려고 글을 썼고 잊지 않으려고 글을 썼다. 그런 절실함에 기대어 그동안 펜 끝에서 풀리는 나의 언어를 감당할 수 있었는지 모른다. 비록 내 정신이 푸르던 시절은 빛이 바랬어도, 펜을 기억하지 못하는 손으로 살고 싶지는 않다.

나의 별빛을 잃지 않고, 행성이 들려주는 이야기를 언젠가는 나만의 고유한 언어로 표현하고 싶다. "바람결에 들려오는 소리를 받아쓴 것이 나의 문학"이라고 릴케가 말했듯이, 감히 나는 상상한다. 먼 훗날 별빛이 전하는 소리 너머의 소리를 언어로 받아 적으면 나의 문학이 되지 않을까 하고. 오늘도 밤하늘엔 저마다 다르게 빛나는 별빛으로 수런거린다.

사진 밖에 머무는 것들

　토론토에 있는 블러퍼스 공원(Bluffer's Park)에 와 있다. 내일이 추석이라 그냥 보내기가 서운해 돌아가신 부모님께 커피라도 대접해드리고 싶어 찾아왔다. 고국에서는 명절인데 캐나다에서는 다들 평소처럼 출근하니 하도 조용해서 적막할 지경이다. 휴일이 아니어서 부모 자식이라 해도 서로 만나지 못하고 지내야 하는 오늘 같은 날은, 내가 남의 나라에서 이방인으로 살고 있다는 걸 피부로 느낀다.

　하늘 반쪽은 뭉게구름이고 반쪽은 먹구름이 몰려있다. 바람이 많이 분다. 호숫가 한 편 멀찌감치에 갈대숲을 병풍처럼 두른 백사장이 길게 펼쳐져 있고 다른 편은 커다란 바윗돌로 만든 방파제가 꽤 길게 이어진 인공 공원이다. 친정아버지와 시부모님 49재를 여기서 올려서 우리에게는 이 공원이 묘지 같은 곳이다. 평편한 바위를 골라 커피와 차를 놓고 간단히 예를 올리고 나서 이 순간을 저장해두려고 사진을 찍는다. 오래 반복된 일이라 처음처럼 울컥하는 느낌도 없으니 건조한 사진만 남을 것이다. 별것 아닌 것 같아도 명절에 이렇게 한번 다녀가면 뭔지 모를 짐을 덜어낸 듯 마음이 가볍고 평온해진다.

사진에 들어가지 못한 마음속 이야기를 스마트폰에 몇 자 적는다. 사진보다는 글로 기록하는 게 감정의 유효기간이 길다고 느끼는지 그래야 마무리를 한 것 같다. 파도 소리와 가을 햇살을 담아두고 싶을 때, 이 쓸쓸함의 근원은 뭘까 싶을 때, 사진 한 장에도 온갖 감정이 실린다. 하지만 삶 속으로 밀려왔다가 밀려간 시간의 소리는 사진에는 넣을 수 없는 하나의 이야기로 흘러가 버린다. 나의 앨범 가득한 빛바랜 사진에는, 감정은 증발하고 내가 거기 있었다는 사실과 누구와 있었다는 사실만 남아 있다. 사진 밖으로 밀려난 이야기는 망각의 영역으로 넘어간 지 오래다. 세월이 지나면서 더는 그때와 같은 느낌이나 감정이 다가오지 않더라는 얘기다.

그런 개인적인 이유로 나는 보고 듣고 경험한 것들을 사진보다는 기억으로 가슴에 눌러 담기 시작했다. 허나 기억을 온전히 믿을 수 있는지 의심하면서부터는 그것도 어려워졌다. 어떤 기억은 잘 편집된 픽션으로 남는다. 내가 무엇을 보고 느끼든 사진이나 기억에 의존하기보다는 글로 남기길 좋아하는 습관이 든 건 그런 이유에서다. 생각이나 감정을 있는 그대로 냉동시키기 위해서는 글로 기록하는 방법만 한 것도 없다는 신념은 여전하다. 훼손되지 않고 간직된 과거의 어느 시점에 닿는다는 기대로, 글을 통해 내 삶의 역사 속으로 들어가는 것을 내가 좋아하는지도 모르겠다.

호숫가에 모래바람이 몰아친다. 하늘이 뿌옇다. 구불거리며 길게 이어진 백사장을 걷는 동안 파도 따라 밀려왔던 모래가 바람 따라 호숫물로 돌아간다. 이 날씨에도 백사장 끝머리 절벽 아래에서 웨딩 촬영을 하고 있다. 드레스코드가 자주색인가 보다. 자줏빛 꿈과 희망과 기대와 설렘이 흐릿한 하늘을 밝히고 있다. 참 좋을 때다. 잠깐이면 지나가리라는 걸 아니까 좋을 때라는 말이겠지. 나는 그 흔한 웨딩 촬영 한번 못 해봤다. 너무 흔해서 하지 않았는데 그거라도 있었더라면 마음 헛헛할 때 꺼내 보면 좀 나았을까 싶기도 하다. 저들은 사진 찍다가 쉬는 동안에도 뭐가 그리 재밌는지, 까르륵대는 싱싱한 소리가 허공을 울리다가 파도 소리에 실려 간다.

갑자기 빗방울이 후드득 듣는다. 내 걸음은 빨라지는데 촬영 중인 저들은 그마저도 즐거운지 풍선을 집어 들고 손을 흔들면서 좋아한다. 웨딩사진 찍는데 비 오는 걸 좋아하기도 하는구나. 오색 풍선이 빗속에 둥실둥실 올라간다. 비 덕분에 계획에 없던 감성적인 장면이 연출된다. 인생에는 맑은 날만 있는 게 아니라 느닷없이 등장하는 폭풍우 같은 불청객도 있게 마련이지만, 저들은 궂은 비를 반가운 손님인 양 맞이하니 비에 젖은 한때가 특별한 추억의 사진이 된다. 피하거나 불평하는 이들은 결코 얻지 못할 기회를 저들은 손에 쥔 것이다.

하늘이 이제 하늘색이다. 구름에 들어있던 비를 한차례 떨구고 나니 후련한 모양이다. 오늘 밤 보름달을 볼 수 있을까. 전에는, 그러니까 이민 온 지 얼마 안 되었을 때는 보름달 뜨는 명절이면 기름 냄새 풍기며 추석 음식을 만들었다. 이럴 게 아니라 집에 돌아가는 길에 한국 식품점에 들러 송편과 토란 국거리를 사 가야겠다. 일 년에 한 번 송편이라도 살 수 있으니 그게 어딘가. 남편이 추억의 음식이라며 좋아하는 토란국을 끓여 둘이서라도 조촐하게 명절 기분을 내야겠다. 송편도 토란국도 좋아하지 않는 아들네가 오는 주말에는 추석 음식이 아닌 것들로 상이 차려지리라. 아이들이 돌아가고 나면 나는 그들이 남기고 간 사진 밖의 흔적을 글로 기록하고 있겠지. 사진이라는 프레임 안에 들어오지 못한 이야기들을.

사막에서 뿌리를

모하비 사막을 지나고 있다. 사막과 여러 협곡을 두루 돌며 감상하는 여행길이다. 이곳은 어느 계절에 오느냐에 따라 사막이라는 선입견이 무색할 정도로 다양한 풍광이 펼쳐진다고 한다. 명색이 사막인데, 봄이면 언덕이 울긋불긋한 꽃으로 뒤덮인다는 묘사가 실감나지 않는다. 가을에 찾아온 내 눈에 보이는 실제 풍경은 광활한 모래밭도 아니고, 그저 거친 황야가 전부다. 누렇게 말라 바람에 흔들리는 풀잎과 흙먼지 날리는 이곳에 듬성듬성 보이는 초록빛 생명력이 오히려 낯설다.

가슴 깊은 곳에 사랑이 있어 인간이 절망의 끝에서도 일어설 수 있듯이, 사막이 생명을 지탱할 수 있는 건 땅속 깊이 흐르는 생명수 같은 물이 있어서이리라. 바람과 모래가 빚어놓은 예술작품 같은 이곳 사막에도 치열한 삶의 흔적이 곳곳에 숨 쉬고 있다.

연간 강수량이 턱없이 부족한 이곳에서 살아남기 위해 무려 8미터까지 뿌리를 벋는 선인장도 있다니 놀라움을 넘어 경이롭다. 얼마나 깊이 있는지 짐작조차 할 수 없는 물길을 찾아 뿌리 내리는 과정에서 식물들이 보냈을 길고도 불안한 시간이 눈에 그려진다. 인간도 세상에 던져진 연약한 풀뿌리 같은 존재 아닌가.

갑자기 불어온 회오리바람에 치솟던 모래 기둥이 차츰 잦아들면서 다시 하늘이 나타난다. 온 천지가 갈색 모래와 파란 하늘로 이등분되는 느낌이다. 모래 기둥을 보고서야 비로소 내가 사막에 있다는 실감을 한다. 꼭 한번 와 보고 싶던 곳. 열기로 가득한 사막에 식물은 정지된 모습으로 붙박여 있고, 바람에 춤추는 모래와 아지랑이 같은 무생물의 움직임만 포착되며 생물과 무생물의 경계를 지운다. 풀 한 포기 없을 것 같은 이곳에도 다양한 생명이 살아 숨 쉰다는 게, 실제로 보면서도 믿기지 않는다.

저만치 바닥에 불긋불긋한 게 보인다. 내가 잘못 보았을까? 황량한 사막에 선인장이라면 모를까 여느 봄날에 만날 수 있는 여린 꽃잎이라니. 가까이 다가가니 정말, 꽃이다. 자잘한 꽃이 납작하게 무리 지어 모여있다. 키가 채 십 센티미터도 안 되는 꽃이 모래에서 얼마나 깊이 뿌리를 내리겠다고 사막에 터를 잡았는지. 태어나는 일은 선택할 수 있는 게 아니라는 걸 알면서도, 물이 없어도 잘 견디는 종 (種)이길 바라는 건 남의 땅에 뿌리 내린 이민

자로서의 인정인가. 인간보다 훨씬 먼저 우주에 태어나 생존을 거듭했다는 꽃이다. 마른 사막에서 꽃을 피우기 위해 수없이 파닥거리며 날갯짓했을 나비는 어디에 있을까.

선인장이 가시를 세워 사막의 열기와 동물로부터 자신을 지키려는 안간힘은, 스스로를 보호하기 위해 가시를 내미는 인간의 모습과 다르지 않아 보인다. 메마른 대지에 뿌리를 내리겠다고, 있는지 없는지조차 모르는 물길을 찾아 헤매던 나의 시간과 선인장처럼 내 안에 가시를 세워야 했던 시간이 등 뒤에 있다. 이십 년을 애면글면하며 타국에 내린 나의 뿌리는 어떤 물길을 찾았으려는지.

덜컹하는 소리에, 몰려드는 상념을 떨치고 차창 밖으로 시선을 돌린다. 물결무늬가 선연한 얕으막한 구릉이 지나간다. 바람에 실려 온 모래 언덕이 외롭게 서서 물결무늬로나마 이곳이 몇만 년 전 바다가 융기된 곳임을 암시하고 있다. 시간의 축적을 허용하지 않는 사막의 모래는 어제의 언어를 기억하지 않는다. 어제라는 과거가 뿌리 내릴 틈도 없이 바람이 지우고 달아나버린다. 미처 쌓이기도 전에 흩어지는 사막에서, 모래의 시간은 과거나 미래에 예속되지 않은 현재 시제일 뿐이다.

모래언덕에서 눈을 돌려 지그시 감은 채 생각에 잠긴다. 이번 여행을 계획하며, 며칠만이라도 대자연과 동화하는 경험을 해보고 싶었다. 하지만 여정에 들어있는 사막과 협곡과 웅대한 바위는 나라는 인간을 쉽사리 품어주려 하지 않았다. 오히려 우주의 나이 만큼이나 장구한 세월을 앞세워 압도하며 밀쳐내는 인상을 주었다. 빌딩만 한 바위 앞에 서면 숨이 턱 막혔고, 융기된 지층이 수없이 쌓인 계곡에서는 상상을 넘는 세월의 하중에 눌리곤 했다. 사막 모래 바닥에 납작하게 누워있던, 뿌리도 없을 것 같은 여린 꽃잎에서 오히려 정서적 유대감을 느꼈다면 비약일까.

겉으로 드러나는 외양으로 깊이를 속단하던 나를 눈 뜨게 만든 사막의 선인장과 도심에 줄지어 서 있던 야자수. 야자수는 호리호리하고 키가 큰 이국적인 가로수려니 하고 무심코 지나치다가 몸통을 만져보고서야 얼마나 강건한지 알았으니, 눈에 보이지 않는 뿌리야 어찌 짐작이나 할 수 있었을까. 그 큰 키와 단단한 몸을 지탱하며 살아남으려면 얼마나 깊은 땅속까지 뚫고 들어가야 했을까.

흙을 헤쳐가며 뿌리내리는 일은 씨앗을 뚫고 싹을 틔우는 일만큼이나 강한 의지의 표현이다. 세상이라는 사막에 한 알의 씨앗으로 태어나 짧지 않은 세월이 흘렀다. 사막에 외롭게 버티고 선 식물을 보며 나는 나 자신에게 오늘도 묻는다. 얼마나 깊이 삶의 뿌리를 내리고 사는지. 야자수처럼 튼튼한 나무 기둥이 되었는지.

의자 놀이

커다랗게 원을 그리듯 사람들이 음악에 맞춰 돌고 있다. 음악이 멈추자 모두들 급한 몸짓으로 빈 의자를 찾아 앉는다. 자리를 못 잡은 한두 사람이 주위를 둘러보며 멋쩍은 얼굴로 서 있다가 아쉬워하며 줄 밖으로 물러난다. 간신히 자리를 차지했다고 숨 돌리며 안도할 겨를도 없이 음악은 다시 이어진다.

둥글게 놓인 의자 주위를 한 줄로 서서 걷다가, 음악이 멈추면 빈 자리를 찾아서 앉는 게임이다. 의자 몇 개만 있으면 누구나 즐길 수 있지만, 사람 수보다 의자가 하나둘 모자라므로 모두가 다 앉을 수는 없다. 의자가 치워질 때마다 부족한 의자만큼 참여자가 대열에서 이탈하는 게임이니, 마지막 의자를 차지한 주인공이 최후의 승자다. 치웠던 의자를 다시 갖다 놓고 새로운 사람들이 들어서면서 게임은 반복된다. 자리를 차지하지 못하면 떠나야 하고 역할과 직책을 맡고 있다가도 때가 되면 물러나는, 어찌 보면 인생을 닮은 놀이라 할 수 있다.

의자는 자리를 연상시킨다. 자리는 앉은 사람의 임무와 지위의 다른 이름이라 할 수 있다. 그 너머에는 성취에 따른 부와 명예와 권위라는 후광이 번쩍이며 욕망을 부추긴다. 어쩌면 인간은 의자 본연의 역할보다는 후광에 끌려서 자리를 갈구하는지도 모른다. 의자가 직위를 은유한다면, 앉아 있기 편하고 등받이가 높을수록 귀한 대접을 받을 것이다.

나의 첫 의자는 교직이었다. 어릴 적부터 나의 꿈은 교사가 되는 것이었으니 꿈을 이룬 의자라는 점에서 내게는 값을 매길 수 없으리만치 소중했고 앉아 있는 동안 즐거웠다. 그래서 나는 그 자리가 닳도록 앉아있을 줄 알았다. 하지만 이민이라는 보이지 않는 날개에 나머지 삶을 얹으며, 교사로서 정년을 마저 채우지 못하고 떠나야 했다. 명예퇴직이라는 이름으로 자리에서 물러난 일은 나 스스로 택한 결정이었지만 한동안 이유도 모르게 서운하고 허전했다.

캐나다 땅에서 뜻밖의 의자를 발견하면서 교직에 대한 미련을 거둘 수 있었다. 실은 뜻밖, 은 아니었다. 나에게는 교사만큼이나 동경하던 삶이 있었다. 그건 좋은 책을 읽고 삶의 철학이 비슷한 사람들과 커피 향 속에서 마음을 나누며 사는 일이었다. 고국에 있을 때는 퇴직하면 한쪽 벽면이 책으로 가득한 찻집을 차릴 계획이었다. 하지만 타국의 낯선 문 앞을 서성이며, 이름만 몇 개씩 지어놓은 찻집은 밑그림뿐인 아련한 수채화로 남고 말았다. 비록 찻집은 잡을 수 없는 꿈이 되었어도 마음 맞는 글벗들을 만나 동경하던 삶을 이루고 있으니, 그걸로 마음을 달랠 수밖에.

내가 인생의 어느 모퉁이를 돌았을 때, 캐나다에 정착할 운명과 마주칠 줄은 예상하지 못했다. 더구나 타국에서 글을 쓰리라고는 상상도 못한 일이었다. 우리 인생에는 그렇게 예기치 못한 운명이나 기적이 도사리고 있어, 삶의 마지막 발짝을 디딜 때까지도 설렘과 두려움을 버릴 수 없는지 모른다.

나의 생각과 감정을 언어로 풀어놓는 글쓰기는, 타국에서 지친 몸과 정신에 적지 않은 위로와 치유 역할을 했다. 언어로 된 새 생명을 잉태하여 산고 끝에 출산하던 노역도, 그런 과정에서 고통과 희열을 맛보던 경험도, 수필이라는 장르의 글로 교감하는 기회도 글 쓰는 의자를 발견했기에 가능했다. 내 생에 이 의자만큼 나를 살아있게 한 자리가 또 있을까.

운명처럼 주어진 의자에 앉아 나는 오늘도 글을 쓴다. 내게 글쓰기라는 행위는 막힌 것을 뚫고 얽힌 것을 끌러주는, 내 삶의 '풀이'에 가깝다. 투박한 통나무 의자이지만, 앉으면 내 몸에 수액이 스며드는 느낌 때문인지 아무리 오래 앉아 있어도 싫증 나거나 지루하지 않는 친구 같다. 나무를 살리는 수액의 힘으로 언어의 싹을 틔우며, 지금 내가 앉아 있는 이 자리를 거쳐 간 수없이 많은 작가를 생각한다. 그리고 감히 바란다. 내 의자가 기억하는 나의 체온과 체취가 독자에게도 전해지기를.

음악이 끝나지 않는 한, 의자 놀이는 계속되리라. 지금 이 순간에도 음악이 바뀌면 운 좋게 차지한 사람은 의자에 앉고 그러지 못하면 떠난다. 떠난 이의 체온이 채 가시기도 전에, 낯선 체취를 풍기며 몸을 부린 사람이 일어서면 사람도 의자도 하나씩 금 밖으로 밀려 나간다. 음악 소리가 잠시 멈춘 사이에 민첩한 사람은 의자를 차지하고, 찰나의 기회를 놓친 사람은 떠난다. 음악이 시작되면 모두 일어나 다시 돌다가 누군가는 앉고, 또 누군가는 사라진다. 의자 놀이처럼 그렇게 삶은 이어진다.

아보카도 사랑

　안사돈이 운영하는 카페에 갔다. 주방에서 일하던 사돈총각이 달려 나오더니 반갑게 인사했다. 언제 보아도 훈훈한 사돈총각의 미소가 정겨웠다. 샌드위치와 수프를 먹으며 사돈 내외와 세상 이야기를 나누는데, 우연히 시선이 머문 곳에 초록 잎이 올라오는 물컵이 하나 있었다. 어떤 식물일까.

　물컵에 나무젓가락이 옆으로 얹혀있고 그 아래 둥근 갈색 열매 같은 게 매달려 물에 반쯤 잠겨 있었다. 사돈총각에게 물었더니 아보카도 씨에서 싹을 틔워 키우는 중이라고 했다. 아보카도는 열대식물 아닌가. 캐나다에서 그것을 키울 수 있으리라고는 상상도 못 했는데, 신기했다. 더구나 흙이 아닌 물컵에서. 초록 식물을 좋아하는 내가 호기심 어린 관심을 보이자 그는 키우는 방법을 알려주었다.

집에 돌아와 튼실해 보이는 아보카도를 하나 꺼냈다. 반을 갈라 갈색 씨를 들추니 매끄럽게 빠져나왔다. 물컵에 몸을 반쯤 담그고 고무줄로 엮은 나무젓가락에 걸쳐 있는 모습이 마치 체조선수가 철봉에 매달린 것 같아 보였다. 자연에서 커야할 식물을 작은 물컵에 꽂는 게 안쓰럽기는 해도 사돈 총각이 정스럽게 키운 아보카도 싹을 떠올리며 나도 한번 잘 키워보리라 마음먹었다. 그렇게 초록을 기다리던 계절은 따뜻했고, 행복했다.

언젠가 신문에서 읽은, 사랑과 미움이 생명력에 미치는 영향을 연구한 논문에 관한 기사가 떠올랐다. 밥을 해서 두 그릇에 담고 한쪽 밥에는 사랑의 말을, 다른 쪽 밥에는 증오와 멸시의 말을 들려주는 실험이었다. 한 달쯤 여러 사람이 곁을 지나며 건넨 말에 놀랍게도 밥이 반응하더라는 거였다. 그것도 생쌀이 아닌 익힌 밥에서. 사랑을 먹은 밥은 유익한 효소가 되었고 미움을 먹은 밥은 썩고 말았다는 믿기지 않는 동화 같은 내용이 준 충격은 내 기억에 오래도록 남아 있었다. 물컵에 담긴 아보카도 씨를 보자 문득 그 실험 생각이 났다.

그 곁을 지날 때마다 하루에도 몇 번씩 애정 어린 눈길을 주며 따뜻한 말을 건넸다. 한 달이 지나도록 차돌멩이처럼 단단한 씨앗은 꿈쩍도 하지 않았다. 내가 실험하는 거라는 걸 들켰을까 봐 조마조마했다. 실험을 넘어 이제는 정말로 애정이 싹트기 시작했는데. 진심 어린 사랑의 말이 인간의 닫힌 마음을 열고 관계를 건강하게 키워간다는 생각에 희망의 끈을 놓을 수가 없었다. 한 계절이 다 가도록 가슴 졸이게 하더니 어느 날, 실오라기 같은 하얀 뿌리가 물속에서 나풀거렸다. 생명의 뿌리와 교감하는 시간이 길어질수록 초록 잎을 볼 수 있다는 나의 기대와 욕심도 자랐다.

몇 가닥 뿌리가 물에서 자유롭게 유영하는 걸 지켜보면 나의 기쁨과 감동도 춤을 추듯 출렁였다. 뿌리가 조금씩 컵을 채워갈 무렵, 씨앗 윗부분의 갈라진 틈새에서 연둣빛 새싹이 올라왔다. 매일 눈 맞춤하며 소식을 묻는 게 반가웠는지 귀찮았는지 싹을 내민 것이다. 일단 싹을 틔우고 나니 젖먹이 어린아이처럼 무럭무럭 잘도 컸다. 나무줄기가 두 뼘쯤 자라 갈쭉한 잎 너덧 개를 늘어뜨릴 무렵 더는 물컵에 둘 수 없어 화분에 옮겨 심으며, 무심코 던지는 말 한마디도 얼마나 조심해야 하는지 새삼 느꼈다.

정성으로 아보카도 나무를 키우던 사돈총각이 제 짝을 만나 그 이듬해에 결혼했다. 열두 폭 치마처럼 넉넉한 품성을 지닌 신부라고 했다. 아보카도 씨앗의 싹을 틔우듯 애정과 인내로 키운 사랑이 결실을 본 것이리라. 아보카도 줄기를 볼 때면 토론토에서 멀리 떨어진 도시 캘거리에 신혼의 둥지를 틀고 뿌리 내린 그들 부부가 생각나곤 했다.

그런데, 이게 어찌 된 일인가. 아보카도 잎이 마르더니 줄기 둘

레에 났던 잎이 모두 누렇게 죽어버렸다. 뿌리까지 죽었으면 어쩌나 싶어 가슴이 덜컥 내려앉았다. 그들 부부의 사랑과 아보카도 나무를 연관 지어 생각했던 게, 마치 큰 잘못이나 저지른 것처럼 후회가 됐다. 열악한 환경에서도 사랑이 있으면 살아남을 수 있다는 기억에 의지하고 싶었다. 처음보다 더 정성을 기울이며 우리 곁에 다시 올 수 있기를 바란 건 그 젊은 부부를 연상했기 때문이었다. 꼭 한 달째 되던 날, 연둣빛 솜털에 둘러싸인 밥알만 한 잎들이 고개를 내밀었다. "고맙구나…" 가슴 쓸어내리며 건넨 그 한마디가 내가 할 수 있는 전부였다.

저 돌아갈 흙 쪽으로 몸을 늘어뜨린 바싹 마른 누런 잎들과 하늘 향해 고개를 치켜든 촉촉한 푸른 잎들의 대비가 선명했다. 초록 생명의 빛과 누런 죽음의 그림자가 한 줄기에 매달려 아래위를 향하고 있는 것만 같았다. 작은 희망을 발견한 나는 그 벅찬 감동을 누군가와 나누고 싶었다. 견고하기 짝이 없던 아보카도 씨가 새싹을 틔우고, 죽어가던 나무도 되살아나더라고, 그게 사랑의 힘이지 우연일 수 있겠느냐고 소리치고 싶었다.

그로부터 3년이 지났다. 아보카도 나무는 이제 어른 손바닥보다 크고 넓적한 잎이 30여 장에 이를 정도로 식구 수를 늘렸지만, 그 만큼 나의 고민도 커간다. 화분이 비좁아 분갈이를 두어 번 했는데 앞으로는 어떻게 해야 할지 거취를 결정하기가 어렵다. 온실 같은 집안에서만 자란 것을 뒷마당에 옮겨 심으려니 캐나다의 매서운 겨울 추위를 견딜 수 있을지 모르겠고, 집안에 두려니 화분 크기로는 감당하기 어려울 것 같아서다. 진작에 독립시킬 궁리를 했어야 하건마는, 사랑의 한계를 느끼면서도 무한한 사랑의 힘에 기대고 싶은 모순 속의 나를 본다.

지나간 시간은 풍경이 되고

강물 풀리는 소리가 봄을 부를 즈음 고국에서 내 이름을 부르며 다가온 사람. J는 어느 봄날 그렇게 나를 찾아왔다. 내가 캐나다에 살고 있다는 말에 서부 밴쿠버 어디쯤인 줄 알았는지, 미국 LA에 오는 김에 나를 만나고 가려 했다나. 좀처럼 물러설 기미를 보이지 않는 추위 속에서도 그녀를 떠올리니 마음이 훈훈했다.

먼 옛날이야기이다. 그때 내가 서른 중반, 그녀는 스물을 닫는 나이였다. 지금 생각하면 우리는 젊디젊었었는데 교사라는 페르소나를 의식해서 그랬을까, 말이나 행동은 애늙은이 같았다. 틈만 나면 어두침침한 교무실을 벗어나 제 나이를 살고 싶어 몸살을 앓았다. 결국 나는 점심시간 앞뒤로 4교시와 5교시 수업이 없도록 시간표를 바꿔, 세 시간에 걸친 일탈을 주도했다.

학교에서 걸어서 십 분 거리에 작은 호텔이 하나 있었다. 그

옛날 시골이라는 점을 감안하면 누군지 대담한 투자를 했던 것 같다. 조용히 담소를 나눌 만한 장소로 그만한 곳도 없어 보였다. 고즈넉한 호텔 레스토랑에서 식사하고 커피도 마시며 이야기하다 보면, 혈색을 되찾는 느낌이었다. 그렇게 가슴 졸이는 몇 차례 일탈을 통해 '역할'을 벗어버린 내면의 모습을 만날 때면, 왠지 마음이 시렸다.

J가 오면서 오래된 나의 노트 어딘가에 접혀 있던 젊은 봄도 함께 왔다. 무려 삼십 년 만에 찾아온 뜻밖의 만남인데, 얼마나 반가울까보다는 어색하지 않을지 걱정부터 앞섰다. 반가움에 인사 몇 마디 나누고 대화가 끊기는 건 아닐까. 그 후 그녀는 어떻게 살았을까. 우리 부부가 극히 한국식으로 살고 있기는 해도, 20년 가까이 서양 문화에 동화되어 알게 모르게 의식이 바뀌었을지도 모르는데. 괜찮을까.

온갖 추측으로 시끄럽던 나의 마음이 조용해진 건 패키지여행이라는 단어 덕이었다. 그룹 여행에서 처음 만났다고 생각하자. 생판 모르는 사람들과도 잘 어울려 다녔고, 짧지 않은 여행 끝에 친구가 된 사람들도 있지 않은가. 거기 비하면 그녀와는 함께 웃고 울던 4년이라는 세월이 있는데 무엇이 그리 걱정인가.

그들은 우리 동네 호텔을 숙소로 알아봐 달라고 했다. 정말? 그러고서 서운해한 경우를 봐왔기에 그럴 수는 없었다. 불편해서라면 모를까 폐가 될까 싶어서라면 그냥 우리 집에서 같이 지내자고 제안했다. 나중에 이어지는 대화로 짐작건대 그러길 잘한 것 같아 마음이 놓였다.

30년 전의 추억을 나누는 동안 어느새 우리는 스스럼없는 사이가 되어 있었다. 호텔에 묵었더라면 그리 못 했을 터였다. 오래전에 알던 사람과 이야기하다 보면 나도 기억하지 못하는 나의 모습을 발견할 때가 있다. 예전의 자신과 지금의 자신 사이의 간극을, 오랜만에 만난 타인의 기억에 의존하여 좁힐 수 있다는 말이다. 그녀는 작은 에피소드 하나를 꺼냈고, 그것을 시작으로 우리는 밤늦도록 참으로 많은 이야기를 나누었다.

그녀는 남편이 출장 간 날 밤에 무척 아팠다고 했다. 도저히 일어나지 못할 것 같아 학교에 병가를 내달라고 나에게 전화했다고. 다음날 새벽에 아파트 현관 벨이 울려 나가보니 따끈한 밥과 국이 문 앞에 놓여 있었는데, 출근이 늦을까 봐 계단을 뛰어 내려가는 내 뒷모습을 보고 눈물이 났다고 했다. 그녀는 그걸 이제야 전하게 되었다며 말끝을 흐렸다. 그런데 어찌 내 기억에는 그 장면이 없을까.

그들 부부가 머물던 열흘 내내 그토록 기다리던 봄은 끝내 오지 않았다. 눈발이 흩날리고 안개비가 내리면서 추운 맛을 톡톡히 보여줬다. 말로만 듣던 캐나다의 겨울을 온몸으로 만끽한 그들은, 흑백사진처럼 잿빛 사진만 찍다가 초록을 담아보지 못한 채 떠났다. 공항에서 배웅하며 날씨가 마치 내 탓인 것처럼 미안해하자, 자기네 가슴에는 이미 봄이 왔노라며 울먹였다. 공항에서 돌아오는 길, 그녀를 안았던 소맷부리에서 그들이 피워낸 봄꽃 향기가 묻어났다. 시린 이국의 삶을 오래도록 따뜻하게 덥혀 줄 향기였다. 봄이 그렇게 가고, 지나간 시간은 풍경으로 남았다.

살며 힘든 시간을 겪을 때면 돌아가고 싶은 공간이 있다. 그리운 너와 나, 또는 누군가 머물던 곳. 그곳에는 늘 '사람'이 있고 그것은 하나의 그림이 되고 풍경이 된다. 내 삶을 얹은 궤도가 잠시 삐걱거릴 때, 시간을 원점으로 돌려놓고 싶을 때, 나는 영혼이 자유롭던 그 시절을 가끔 회상하며 그리움에 젖는다. 삶의 결이 같은 사람들이 공유하던 시간과 같은 색깔의 언어로 마음을 나누던 공간이 과거를 따습게 한다. 아련한 풍경으로 남은 시간에 마음을 포갤 수 있는 봄, 또 한 번 봄이 오는 소리가 들린다.

12월은

12월은 뒤돌아보는 달.

한 해를 보내며 등 뒤에 남겨진 발자국을 돌아보는 달이다. 한 걸음 한 걸음 걸어온 자국마다 고여있는 시간에 눈길이 간다. 깊게 패인 자국과 얕게 스친 발자국들. 주인과 함께하던 시간이 저만의 고유한 수식어를 지니고 있다. 아름답던 시간, 아팠던 시간, 흐뭇하던 시간, 후회하던 시간…. 시간이 새겨 놓은 흔적을 마음으로 더듬어보는 달이 12월이다. 미처 헤아리지 못한 누군가의 아픔을, 사랑을, 그리고 오래전 그때 그 손이 혹시 나를 향해 내밀었던 게 아니었는지 하는 것을 생각하는 달이다.

내딛던 걸음을 잠시 멈추고 나무처럼 서 있던 때를 기억한다. 그리워하는 것이 잊는 것만큼이나 아파서, 붙잡지도 못하고 어서 갈 길 가라고 재촉하는 속마음을 알고 있기에 더 가슴 저리던 시간. 움직일 수 없어도 앞으로 나아가야 한다는 생각에 흔들리면서도 걷던 시간. 그렇게 지금에 이를 수 있게 한 모든 것을 잊지 않으려 한다.

12월은 나의 이야기를 읽는 달.

빈방에 홀로 앉아 올해의 일기장을 펼친다. 한 해의 많은 날이 언어라는 형태로 기록되고 저장되어 있다. 열정을 다한 날의 이야기나 존재감 없이 기억 저편으로 사라져버린 게을렀던 날이나 저마다 똑같은 무게를 지닌다. 생각이란, 감정과는 달라서 언어의 힘을 빌지 않으면 표현할 길이 없다. 덧붙일 수도, 지울 수도, 편집할 수도 없는 내 삶의 이야기들. 어떤 날도 허투루 보내면 안 되는 이유가 그 때문일 것이다. 12월 어느 하루를 정해 일 년 치 일기를 읽는 날은, 나의 이야기 속으로 들어가는 날은 그래서 용기가 필요하다.

일기장이 말해주는 적나라하리만치 진솔한 이야기는 비록 대수롭지 않은 일이라 해도 그날 그 순간으로 돌아가게 만드는 힘이 있다. 이런 일이 있었고 이렇게 느끼고 이런 생각을 했구나 하면서, 때로는 감정이입 하여 미소 짓고 눈물도 흘리고 때로는 남의 일인 양 한 발짝 떨어져서 읽게 된다. 나의 삶, 내가 주연이고 조연이고 나를 중심으로 펼쳐진 이야기이니 나밖에 관심을 줄 사람이 없다. 비록 사소하고 울퉁불퉁한 날들을 살았어도, 그래서 더 따뜻하고 울림이 있는 이야기일지 모른다. 잘 산다는 의미는 거창한 것을 하기보다는 작은 일에 충실한 데서 출발하는 거라면 너무 '작은' 생각일까.

12월은 버리는 달.

겨울나무처럼 비울 것 다 비우고 깊은숨을 쉬는 달이다. 내면을 관장하는 계절이 오면 겨울나무는 겉으로는 휴식하는 것 같아 보여도 안으로는 순환을 게을리하지 않는다. 나뭇잎을 버린 자리에 남아 있는 공(空)은, 허(虛)가 아니라 여백이고 여유다. 겨울 숲에 가면 나무 우는 소리가 들린다. 잎이 무성할 때는 들을 수 없는 소리다. 쌓였던 것을 흩트리고 흩어진 것을 그러모으는 소리. 익숙하면서도 낯선 소리다. 사람들은 그 소리가 있는 숲에 간다. 거기 가면 그들도 겨울나무처럼 소리 내어 덜어내고 후련해질 수 있어서일까.

겨울 숲에 가서 한 해 동안 걸치고 살았던 겉옷을 벗어버리면, 변치 않을 옹골찬 무엇인가가 남는다는 걸 그들은 알고 있으리라. 그것에 이름 붙여 부를 수는 없으나, 덜어내고 덜어내면 단순하고 견고한 진수 같은 것이 나이테 모양으로 남는다는 걸 느낀다. 해마다 흔적이 남아도 나는 그게 무엇인지 말로는 설명하지 못한다. 살갗에 내려앉으면 바로 녹아버리는 눈송이처럼, 잃어버린 시간이 내 안 어딘가를 서성이고 있는지도 모르겠다. 내 생에 여름만 있었다면 나무의 초록빛밖에 못 보았을 것이다. 가을이 있어 헐렁한 붉은 빛 사이로 하늘을 볼 수 있었다. 이제 나는 조용한 생명을 품고 있는 겨울나무의 너볏한 아름다움을 마주하게 될 것이다.

12월은….

지나온 열한 달의 연륜을 벗어버리고, 초심으로 돌아가기 위해 준비하는 달이다. 새로운 시작을 위해서는 좋든 싫든 마침표가 있어야 한다. 불완전한 대로 미완성인 채로 찍는 마침표가 성에 차지는 않아도, 걸어온 발자국은 하나씩 삶의 궤적으로 남는다. 숨이 멎지 않는 한 지속되는 삶, 하루가 밝으면 어떤 걸음으로라도 한 발짝이라도 걸어야 한다. 12월을 어떻게 마무리해야 1월을 잘 시작할 수 있을까. 엄정한 시간의 질서에 순응하며 가볍지도 무겁지도 않게 한 발자국씩 담담하게 걷기로 한다.

걷다 보니 어느새 겨울 초입이다. 추위에 잎을 버리면서도 의연할 수 있는 것은, 빈 자리에 움트는 새로운 기쁨도 있다는 걸 알아서인지 모른다. 지난 일은 지나간 대로 미련 두지 말고 마침표 찍자. 새로운 이야기를 쓸 시간이다. 새해에는 어떻게 내 삶의 시간을 요리하여 어떤 기록을 남기게 될지 모르지만, 읽고 나서 자족할 수 있는 나만의 이야기를 쓰고 싶다. '12월은 뒤돌아보는 달이다'라고 쓴 첫 문장에 '당당하게'라는 단어 하나 더 넣을 수 있는 삶이라면 좋겠다.

김영수 수필집

멀리 가지 않아도 특별하지 않아도